张丽钧散文精选

遇到今天的我，你是幸运的

经典名家作品精读

张丽钧——著

哈尔滨出版社
HARBIN PUBLISHING HOUSE

图书在版编目（CIP）数据

遇到今天的我，你是幸运的：张丽钧散文精选 / 张丽钧著. — 哈尔滨：哈尔滨出版社，2019.11

（经典名家作品精读）

ISBN 978-7-5484-4785-6

Ⅰ.①遇… Ⅱ.①张… Ⅲ.①散文集 – 中国 – 当代 Ⅳ.①I267

中国版本图书馆CIP数据核字（2019）第172311号

书　　名：**遇到今天的我，你是幸运的——张丽钧散文精选**
YUDAO JINTIAN DE WO,NI SHI XINGYUN DE——ZHANG LIJUN SANWEN JINGXUAN

作　　者：张丽钧 著
责任编辑：于海燕　赵　晶
责任审校：李　战
封面设计：燊　玖

出版发行：哈尔滨出版社（Harbin Publishing House）
社　　址：哈尔滨市松北区世坤路738号9号楼　　邮编：150028
经　　销：全国新华书店
印　　刷：武汉兆旭印务有限公司
网　　址：www.hrbcbs.com　　www.mifengniao.com
E - m a i l：hrbcbs@yeah.net
编辑版权热线：（0451）87900271　87900272
销售热线：（0451）87900202　87900203
邮购热线：4006900345　（0451）87900256

开　　本：880mm×1230mm　　1/32　　印张：8　　字数：180千字
版　　次：2019年11月第1版
印　　次：2019年11月第1次印刷
书　　号：ISBN 978-7-5484-4785-6
定　　价：26.00元

凡购本社图书发现印装错误，请与本社印制部联系调换。
服务热线：（0451）87900278

写一篇"有我"的文章

（代序）

在自己的职业生涯中，批阅的作文篇数早已逾万。先说说我最怕读到什么样的作文吧，我最怕读到的是"圣诞树作文"。你一定见过圣诞树的，你看那圣诞树，树形亦美，颜色亦美，树上挂着夺人眼目的小星星、小灯笼、小雪花、小彩球，连树下都堆满了琳琅满目的礼品包，乍一看，好漂亮呀！好热闹呀！但是，你想过没有，这棵树没有根！树上花花绿绿的东西也都不是从它身上长出来的，"零生命力"成了圣诞树的最大特点。它就是个"应景"的玩意儿，只要圣诞节一过，它就会被付诸一炬。我悲哀地发现，我的好多学生都热衷于写"圣诞树作文"。他们硬着头皮写作，灵魂缺席，无病呻吟；或者动点小心思，把文章打扮得花里胡哨，以为这就叫"文采"了。我常说"文如其人，文如其心"，一个内心空虚、乏味的人，不可能写出锦绣华章。在"圣诞树作文"中，"我"是不在场的；而"无我"的文章必定是丑陋的，羸弱的，短寿的。写"圣诞树作文"的人应该做的头等大事就是，让自己这棵树生出根来，接通"地气"，获取"元气"，进而达到补益"正气"，增进"才气"。

我愿意结合我个人的写作体会，谈一谈如何写一篇"有我"的文章。

一篇好的文章，应该做到"五有"——有我之心，有我之情，有我之慧，有我之趣，有我之采。

一、有我之心

所谓"有我之心"，就是说让文字附着自己的心跳。一篇新鲜出炉的文章，第一个照亮的，就应该是写作者本人。写作，应该以感动心灵为最高追求。

我曾带着学生做过一个练笔——请写一段话，劝诫游人不要偷采盛开的牡丹花。注意：要写"走心文"，不要写"空心文"。于是，有"园林版"道："牡丹盛开，敬请护爱！"有"柔情版"道："牡丹多可爱，你可别伤害！"有"暴力版"道："采牡丹者，断子绝孙！"……而我在唐山市凤凰山公园看到的一首劝诫诗是这样写的："牡丹可谓不容易，一年开花只一季。最盛只有十来天，看上一眼是福气。你若稀罕颜色好，拍她画她都随意。姑娘不要摘花戴，偷花不会添美丽。小孩不要把花害，你欢笑时花哭泣。国色天香人共赏，千万不要拿家去。"瞧，"走心文"长得就是这模样。

从心到心的距离最近。你硬着头皮写出的东西，别人也会硬着头皮看。

二、有我之情

所谓"有我之情"，就是说让你的文字散发出"悲悯"的味道。好的作家，真的要有"万斛闲愁"——尽管你不是一只蝉，但是，你体味得到蝉于地下"修行"多年的悲辛；尽管你不是一只鸟，但是，你体察得到鸟在笼中与在林中的迥异心情。当一个小说家遵从了内心的指令，不得不将小说中自己所钟爱的人物推到某种惨境的时候，他会忍不住为此哭泣。巴尔扎克、大仲马不都有这样的动人故事传世吗？请相信，有情的写作，换来长情的阅读；无情的写作，换来无情的分数。

季羡林先生在他的散文名篇《幽径悲剧》中，写自己不忍心看那"吊死鬼"般垂挂的藤萝，他要数着数字闭目走过。他说自己是个"没有出息的人"，因为经常为一些小动物、小花草惹起"万斛闲愁"。想想看，我们是不是该为这样的"没出息"喝彩呢？

三、有我之慧

所谓"有我之慧"，就是说要让文字散发出"思想"的光芒。周敦颐提出"文以载道"，意思是：文章是为了说明道理、弘扬精神的。王小妮老师曾经在《上课记》一书中发出这样的倡议——"消灭毫无意义的好词好句"。因为，她发现她的学生太喜欢"拽词"了，为了追求所谓的"文采"，胡乱堆砌，甚至以辞害意，所以，她希望自己的学生"直接写出自己的想法就好"，然而她很快就痛苦地发现，她的很多学生，压根就"没有想法"。"没有想法"，这是多么可怕的事情！

写作永远伴随着"价值判断"。当汶川地震中的"母爱短信"被证实是一个美丽的谎言之后，我曾让我的学生就此发表议论。一个学生说：编短信的人没有署名，也没有得稿费，虽说它是假的，但它感动了成千上万人，它不是丑的、恶的，所以我赞。另一个同学则说："母爱短信"被戳穿后，人们可能由此怀疑了一切美好故事的真实性，那编短信的人，调戏了人们纯洁无辜的情感，所以我恨。赞也好，恨也罢，只要能讲出自己的想法，就是好的。

我愿每一个写作者都明白这样一个道理：我所思处，处处花开。

四、有我之趣

所谓"有我之趣"，就是说要让文章有"旨趣"。我一直固执地认为：人有趣则文有趣，人无趣则文无趣。这个"趣"不是"逗乐""搞笑"，而是"精神趣味"。有精神趣味的人，看山有色，听水有声。我们不妨来看一个有精神趣味的人的真实故事——齐白石曾客居保定一旅馆，与一蝇共处三日，既不驱之，亦不灭之，反为之造像，命名为《蝇》——在最缺乏诗意的地方都能发现诗意，这是不是一种傲人的本领？

我曾经写过一篇文章，题目是《精神灿烂》。我在文中写到美国著名插画家"塔莎奶奶"——她守着如花的生命，怀着如花的心情，把每一个平凡的日子都过成美妙童话。她说，下过雪后，她喜欢去寻觅动物的足迹，她把鼹鼠的足迹比喻成"一串项链"，把小鸟的足迹比喻成"蕾丝花纹"……因为识得趣味，所以精神灿烂；因为精神灿烂，所以才思泉涌。每一个写作者眼中的事物，都是迥异于他人的"这一个"。这些事物上面附丽了作者独一无二的个性体验，作者通过神奇的"目光的第二次给予"，引领我们到达了一个精神的仙境。

有趣的文章"眉清目秀"，无趣的文章"面目可憎"。

五、有我之采

所谓"有我之采"，就是说文章要有"文采"。我曾带着学生做过这样一个练习：请用一个富有文采的句子，写出"小鹿去泉边喝水"这个情景。大家绞尽脑汁，大都是扩写了这个句子：怎样的小鹿去怎样的泉边怎样喝水。当我展示出鲍尔吉·原野笔下的那个句子时，全场哗然。鲍尔吉·原野是这样写的："泉水捧起小鹿粉红的嘴唇。"这就是文学的语言——动情的，浮雕的，陌生的。

读到诗句"给我寄一封天空味道的信"，我们不禁想到了李清照的"云中谁寄锦书来"，这无疑是专属于诗人的锦心绣口；读文句"让我漾在自然的音乐里，挽雨共舞，心灵放歌"，我们不禁想到了金凯瑞的《雨中曲》，那无疑是灵魂浪漫者的情愫放飞。有个资深评阅高考作文卷的老师曾对我说："有时候，一篇作文中猛然跳出一个特别打动我的句子，我就不由自主打出了高分。"

我以为，真正的文采是仿不来的，更是窃不来的，真正的文采是爱到极致自然绽放出的美艳心花。

——有我之心，有我之情，有我之慧，有我之趣，有我之采。写一篇"有我"的文章，你赚了。

张丽钧

目 录

第一辑　美丽来过，可惊动了你?

第二辑　藏不住的价值观

第三辑 没有一天不值得记述

第四辑 心灵片羽

第五辑　语文，是写给谁的"情书"

第六辑　这个星球有你

第一辑

美丽来过，可惊动了你？

这世间美的事物有很多：一句贴心的话、一首痴人说梦的小诗、一匹扬蹄狂奔的骏马、一泓清冽甘甜的泉水……在张丽钧的散文里，这些平时我们经常见到但是总是会忽略的事物都被赋予了新的感染力。她的散文语言清新自然，有时又带着几分诙谐与幽默，让人为错过生命中某些美好而惋惜感叹之余，也得到了某些提醒，那就是要时刻保有对美丽的怦动之心。

惊喜力

这个词是我"自造"的——惊喜力。

我以为，"惊喜"确乎是一种能力，一种值得夸耀的能力。

我的学校有一句人人皆知的口号："让生命的相遇充满惊喜。"惊喜，是一种喜出望外的欢悦——感谢相遇，感谢上天安排你我走进对方的生命里。网友说，人生不过四亿次眨眼，在这匆遽的一生当中，有缘的人来到同一所校园，在同一个屋檐下厮守数年，每天彼此相守的时间，远远超过了与最亲密的人相守的时间，这是几世修来的缘分！

仿佛一夜之间，纳兰容若的一句诗就火遍了全国——"人生若只如初见"。我的学生在适宜的地方引用它，在不适宜的地方也引用它。他们未必知晓这诗句后面的"等闲变却故人心"的苍凉悲吟，只管在惊鸿一瞥、电光石火的定格中忘情啜饮"初见"的琼浆——

一见倾情的"惊喜力"，好比露水，往往禁不起朝阳的热吻。

想那散文家苇岸，在1998年突然动了一个奇怪的心思——为古老的二十四节气造像！他在自己居所附近的田野上选择一个固定点，在每一个节气日的上午九点钟，观察，拍照，记录，最后形成一段文字。他在《惊蛰》中写道："'惊蛰'，两个汉字并列一起，即神奇地构成了生动的画面和无穷的故事。你可以遐想：在远方一声初始的雷鸣中，万千沉睡的幽暗生灵被唤醒了，它们睁开惺忪的双眼，不约而同，向圣贤一样的太阳敞开了各自的门户——"在苇岸眼中，世界，永远是刚刚"启封"的样子，人间纵然经历了千万次"惊蛰"，他依然雀跃地将眼前的这个"惊蛰"视为鲜媚无比的新娘。

——惊于惊蛰，蛰雷未曾在天空炸响，已然在"心空"炸响。这等惊喜力，委实令人叹服。

看过一个视频，拍的是宝宝初次冲进雨中的情景。她惊讶，她欢喜，她旋转，她癫狂。她仰着小脸承接那雨丝，欢悦得如同一头撒欢儿的小兽。我想，当这个小生命长大，当她在凄风苦雨中独自擎伞赶路，那视频中的画面，还会在她脑海中浮现吗？

当惊喜力被成熟的理性所睥睨，它便会羞报地逃遁。

有人说："熟悉的地方没有风景。"熟悉的地方不是没有风景，而是眸子生了锈，不肯再将风景视为风景。入秋，我通过微信发了一组"秋林盛开"的红叶图，有个旅游成性的微友看了，惊呼道："周末你去北京香山了？"我回："没有。我去的地方，距贵府不足百米。"我能猜到他看到这条回复后的表情——惊中有疑，疑中有鄙。襟袖之间的风景，是打了折的风景。太容易亲近了，反而丧失了亲近的欲望。

在我看来，越是肯对微不足道、司空见惯的事物奉献惊喜力的人，越有可能将自我修炼成一处绝佳的"精神风景"。

究竟谁能说得清楚，那个叫"磨损"的词，生着何等的利齿？

它针尖挑土般，一点点偷走"初见"的惊喜，让鲜润的不再鲜润，让颓败的愈加颓败。与"磨损"进行的拉锯战，几乎要伴随我们整整一生。

我讲课时多次提到张中行先生的一件小事。张中行先生九十岁时，得到一块心爱的砚台，他长久地抚摩它，神情快乐得如同进入了天堂。当朋友来探望他，他会慷慨地将爱物示人，拿起人家的手，放到那砚台上，和人家一道抚摩。——"你好好摸摸，手感多么滋润啊！"他这样说。——爱得动一方砚台的心，依然是一颗蓬勃的少年心。

爱着爱着就厌了，飞着飞着就倦了，这是多么雷同的生命体验。惊喜力就是赶来拯救厌倦的心灵的。初次淋雨的幼儿，初次相望的眼眸，这些"初次"当中有你吗？"初次"之后呢？惊蛰惊醒你了吗？红叶染红你了吗？有那么一个人，经了七十七回梅开，再看时，依然难掩初见般的惊喜，恨不得在每一树盛开的梅花底下都放置一个"我"，纵宠自己看个够、看个饱——"何方可化身千亿，一树梅花一放翁？"陆游七十八岁时那"满格"的惊喜力，你有吗？

那满满一竹篮水啊

早年教过一个学生，写诗着了魔。有时听我的语文课，他突然目光空洞迷茫，我知道他一准是在构思诗了，便转移了视线，不去扰他。

一次练笔，他脸上漾着得意的笑，交给了我这样一首小诗——

我家小妹妹

提着竹篮去打水

妈妈说

竹篮怎能打来水

妹妹说

可我明明

打了满满一篮水

一路上

花儿要我喂

草儿要我喂

等我回到家

没了一篮水

我得承认，我一下子就不可救药地迷上了这首诗，兴致勃勃地把它拿给对坐的老同事看。不料，他看后冷冷地说："这不是痴人说梦吗？拿竹篮子，打了满满一篮水？还喂花喂草？——嗬！亏他想得出！"

我听了，心里为这个孩子鸣不平，却讲不出道理。

后来，我偶然读到了一个美国学生的"痴人说梦"——有人在草丛里发现了一个巨大的蛋，这个说是恐龙蛋，那个说是鸵鸟蛋，一个认真的小孩便拿回家去孵那个蛋，蛋壳裂开了，从里面蹦出了美国总统。这篇想象作文，引起了美国民众的极大兴趣。大家为这篇文章喝彩，觉得它"妙极了"。

我把那篇"妙极了"的作文拿到课堂上，读给我的学生们听。他们听了，不欢笑，不喝彩。半晌，有个怯怯的女声朝我飘来："总统知道了会不会生气呀？"

——瞧，想象力在我们面前跳芭蕾，不懂得欣赏的人却只管死盯着舞台上的追光灯问："它究竟是多少瓦的呀？"

时间越久，我越喜欢那首无题小诗。我甚至觉得那是我亲身经历过的一个场景——我家小妹妹，梳着两个翘翘的羊角辫，提着一只半旧的竹篮，一弯腰，就从清澈见底的河里晃晃荡荡打了一篮水。干净的阳光照耀着她。她一路欢歌，与花儿草儿分享着那篮清水——唔，就连她小裙子上的花儿也分到了一些呢——今天，我多想让当年的小作者知道，当我坐在干渴的日子里，听着来自四面八方的干渴的声音，自救的本能，使我一次次遁入这首玲珑小诗。吟诵间，我看见自己的汗毛孔里开出一万朵水灵灵的花。

——蛋壳里不一定非要孵出来一只鸟，装满水的不一定非要是一只桶。想象力比"正确答案"重要千百倍。当你能够快乐地尾随"我家小妹妹"打一竹篮意念的水、浇一路精神的花，你就成了一个琴心智者，一个剑胆仁人。

美丽来过，可惊动了你？

那是个应该永远铭记的日子——2013 年 11 月 27 日。这一天，我由北京飞赴青岛，在 19A 那个座位上，我得到上天格外的眷顾，看到了永生难忘的景象。

我手中握了一本美妙的书，但当飞机飞临渤海上空的时候，我放下了那本书。

隔了透明的空气，我看到碧蓝的海面缀了一朵朵亮眼的白浪花，从万米之上的高空看下去，那浪花居然是静止不动的。白云不多也不少，疏密度恰如人意；每一朵白云都在海面投下一片暗影，仿佛是，云彩们都饶有兴味地在海面娇花照影；飞机在飞，云与影并不是同步抵达视野的，总是先看到了下面的一团暗影，忙不迭地依其轮廓和明暗度猜想天上那一朵云彩的形状与薄厚，几秒钟后，果然就有一朵正中你猜测的云彩飘然飞临，由不得人在心中欢呼起来。每一朵云，都推着自己的影子，在海面款款而行；而云与影之间的空阔，无疑是属于想象的。我问自己，这究竟是谁的主意——搭起无边的蓝色舞台，扯起无边的蓝色背景，来一场云与影的盛大演出？今天当班的，是一个完美主义的灯光师吧？这台豪阔的云影盛宴，到底是用来宴飨谁的呢？谁正幸运地得着这样一种美丽的恩宠呢？一位朋友在九寨的一句痴问陡然于心中复活："你存心要美哭我吗？"——我的心多么焦灼！好想叫醒飞机上每一个昏睡的人：喂，喂喂，快别睡了！看天地间正在上演着怎样奇伟、瑰异的一幕！

那一天，我讲座的题目为《活赚这一生》。我与各位同行分享了自己一路的所见所想，我问他们："大家说说看，如果可能，我愿不愿意再重复一遍这样的旅程呢？"大家给出了肯定的回答。我接着问道："那些一直在飞机上昏睡的人，愿不愿意再重复一遍这样的旅程呢？"大家给出了否定的回答。我说："同样的时刻，同样的旅程，同样的景象，但是，它带给人的心理感受有多大的差异啊！对于一个不肯睁眼的人而言，云与影没有来过；对于一个不肯'走心'的人而言，爱与美没有来过。"

有意思的是，来听我讲座的老师们刚刚完成一个职业生存状态调查，其中一个问题是："如果让你重新选择职业，你还会选择教师吗？"三百多名被调查者中，只有一个叫诗红的老师选择了"愿意"——就像我愿意欣然重复自己的旅程一样，诗红老师愿意欣然重复自己的职业生涯。我在讲台上盯着诗红老师说："我多么幸运，在今天得到了'美的开光'；但我远不及诗红幸运，她得到的是'爱的开光'。"

山本文绪说："一个人幸福快乐的根源，在于他愿意成为他自己。"我不相信一个活得乏味无趣、沮丧透顶的人会"愿意成为他自己"。他耳边总回响着这个可怕的句子——"真的生活在别处"，他不相信真实的美丽会自动送上门来，他宁肯闭着眼睛拟想虚无的美丽。只有那些眼睫与心睫愿意保持张开姿态的人，才有可能一次次接住上天抛来的绣球，才会由衷地说：生活如此美妙动人！

  ——美丽来过，可惊动了你？

微距看世界

　　有个朋友，酷爱微距摄影。每次收到他的邮件，都盼着附件里贴着他新近的得意之作。借助他的镜头，我看到过绿蜘蛛身上长着俊俏的人脸；看到过卷曲的藤须与蜗牛的触角相触的奇妙瞬间；看到过蜜蜂站在娇美的花朵上抖落脚上沾染得过多的金色花粉；看到过不知名的植物种子整齐地坐在小船般的豆荚里待命出征——我点击鼠标，把可爱的小东西们放大，再放大。当花蕊成为森林，当叶脉成为道路，我就在这森林和道路面前唏嘘慨叹。

　　慨叹之余，我喜欢揣想那个举着笨重的单反相机在离自家不过一箭之遥的小植物园里寻寻觅觅的人。一挂蛛网，一滴露珠，都要变换角度拍摄上百张片子，回去之后放到电脑上一张张筛选。"镜头领着我走，我不得不走"，他这样说。——做一个微距镜头的俘虏，透过它的眼，看到这世界的精细、精微、精妙，这个人，何其幸福！

　　省察自心，遗憾地发现，太多的时刻，我的镜头都太过倨傲、太过粗疏。它总是渴望着阅读远方的风景，以为只有天边的云霞才叫云霞，以为只有天边的浪花才叫浪花。每一天，它都马不停蹄地错过，错过眼皮底下的种种精彩。

　　窗子衔了一脉山，每天我都有机会打量山的轮廓，习惯了遣意念登临山顶。有多久我没有去山上看望那些植物了？我回答不上来。

"我忙"，我总爱这样说。这个托词，是从某一天起才彻底被我摒弃了的。那一天，一位老者对我说："想那仓颉，将'忙'字造成'心亡'，这是多大的智慧啊！"——原来，我的托词里，竟住着一个对自我的可怕诅咒。

在朋友的影响下，我走进了英国微距摄影大师布莱恩·瓦伦丁的世界。布莱恩·瓦伦丁原是一名微生物学家，退休后花费了六年的时间使自己的微距摄影技术日臻完美。在自家的后花园里，他拍摄了一组名为《露珠里的花朵》的经典之作——那些红的、粉的、紫的花朵，映射在一个个挑在草尖上的圆润朝露里，亦真亦幻，令人惊艳，令人叫绝。拍摄的时候，布莱恩·瓦伦丁的镜头距离摇摇欲坠的露珠不超过两英寸。转瞬即逝的美丽，就这样被爱怜地定格为永恒。

我想，镜头后面的那个人，一定是安静的，安静得如一枚端坐枝头香气内敛的果。

川端康成在他的《花未眠》一文中写道："美是邂逅所得，美是亲近所得。"这两个句子，多么适合拿来做微距摄影的广告语啊！不期然的靠近，使彼此恒久的拥有成为一种可能。俯身的时刻，心灵的高度获得了提升。镜头锁定一对蝶翼，飞起来的，是两个染香的灵魂。

近一些，再近一些，近到不超过两英寸，让时间在一种美妙的对视中凝固。

——微距看世界，你收获了一个全新的世界，亦收获了一个全新的自己。

小时候的云彩

"你可见过一朵丑陋的白云？"这是一个高中女生在她的作文中突然抛出的一个问题。她问得那么随意，甚至有点漫不经心，但是，这个隐藏在文字汪洋中的问题猛然击中了我。

我从厚厚的作文簿中欣然抬起头来，带着几分欢悦悄然自问："我可见过一朵丑陋的白云？"

忆起儿时，见大人们指着天边说："巧云！"——用"巧"来修饰"云"，这个词造得多棒啊！仿佛是在夸一个巧手姑娘的精美绣品。那天边的"巧云"，饶有兴味地模拟着凡间的万般景物，它们变幻的能耐，往往惊得你目瞪口呆。你刚看出一匹扬蹄狂奔的野马，一阵风来，野马幻成一川流水；你刚看出一只凌空欲飞的老鹰，一阵风来，老鹰碎成一池锦鳞……

"纤云弄巧"，我爱上这个词时还不懂得《鹊桥仙》为何物，无端地，就特别喜欢在作文中使用这个词，只要一写出"纤云弄巧"，就觉得那轻俏的白云在头顶曼妙地变幻着花样，引逗得一颗少年心莫名欢跳起来。

王冕说："白云悠悠若无侣。"如果这个元代的放牛娃有机会在万米高空之上俯瞰一次白云，他还会这样认为吗？坐在飞机的舷窗旁，我愿意拿出整个空中旅程来看云。云之海，从脚下漫延到目力不及的远方，一朵一朵，挨挨挤挤，生了根一般，岿然不动。我让自己用挑剔的眼光比较着云们的丑俊、好歹，然而，这是多么徒劳啊！每一朵云都那么美，美得让人生出想要飞过去与之亲昵的痴念。

如果你驱车在草原上飞驰，你一定看到过这样一种奇幻的景观——天上的云一朵朵投影在无边的草原上，随着那云的飘动游移，硕大的绿毯变成了明暗交错、波浪翻滚的海洋。仿佛天上有一个伟大的灯光师，在孜孜不倦地追索着最佳的灯光效果。我们的车，就在这云影迷离的绿毯上穿行；心，也便在这云影里载沉载浮。我想，在我生活的城市里，云也是会慷慨投影的呀；遗憾的是，美丽的云影被那些跋扈的高楼撕破了，落到我身上的，是云的碎片……

多数时候，我们的头顶是无云可看的。灰蒙蒙的天空，让云朵失却了容颜。一次骤雨过后，我与爱人漫步街头，他指着天边大片大片被夕阳勾出金边的云彩对我说："多像小时候的云彩呀！"我笑了，却笑得苦涩——"小时候的云彩"，这是一个多么让人心酸的表达！我问自己，是谁偷走了我们"小时候的云彩"？在那数以万计的"小偷"中，我，是不是其中的一员？

雾霾来袭，我戴着30层厚的脱脂纱布口罩走在上班的路上。我的手机来短信了，我猜，那很可能又是一个调侃这让人抓狂的天气的段子。我不愿意看这样的段子。我手里捏着一块眼镜布，不时卸下眼镜，擦拭雾气。抬眼看看这座沮丧地陷在雾霾里的城市，一切都那么晦暗，高楼也仿佛失了根。突然，我心中不可遏抑地响起一支小提琴曲，明亮、高亢、悠远。记忆里的某一天，一个学音乐的男生为我演奏过这支曲子。"这曲子叫什么名字？这么好听！"我问。他回答说："《云之彼端，约定的地方》。"我听了略略一怔——这曲名，多像被我妥藏在心中的一个诗句啊！

20 年前，我写过这样一句话："在这个喧闹的世界上，有许多事情真的并不比看云更重要。"20 年后的今天，我在一摞作文簿前想着关乎云的心事。我也在看云呢，看我记忆中的云，看我心中的云。如果我偶一抬头，碰巧看到一朵真实的白云美美地嵌在干净的玻璃窗上，那我该多么欣喜……

谁愿和我一道，去寻回我们"小时候的云彩"？

虫　唱

去药店的路上，与一个卖蝈蝈的汉子擦肩而过。

毒日头下，他挑着两座闹嚷嚷的山，引得路上几个小孩子拽着大人朝他跑。我本无心购买他的货物，却倏然想起了一个怪怪的名字——"驴驹儿"，兀自笑出了声。"驴驹儿"，是我冀中老家对蝈蝈的一种叫法，那么玲珑翠嫩的一种小虫，却有这么一个憨傻笨重的名字，真不知那最初的命名者究竟是咋想的。就在这么瞎琢磨的当儿，早蹉回身，欣然掏钱买了一头"驴驹儿"。

捧着药与虫回到家时，老公急了，拧着眉头说："我说你是咋想的？买的是安神助眠的药，又生怕自己睡得好，整个叫虫儿来搅乱！"

——是呢，我咋就没有意识到手上这两样东西原是"打架"的呢？

那只蝈蝈是个饶舌的东西，"蝈蝈蝈蝈"地在阳台上叫个不停。入夜，以为它会小憩，然而不然，竟愈加勤勉地大叫起来。

我不知自己是在何时睡着的，半睡半醒间，感觉耳畔有琴声，不及细听，又沉沉睡去。醒来时，天已大亮，蝈蝈正兴致勃勃地自说自话。

——我居然是不怕蝈蝈搅扰的！

接下来的几天，更加证实了我的这一结论。我停了药，睡眠却不再薄脆如瓷，一碰就碎。才明白，其实，暗夜里，我最惧怕的原是被我心中的虫子啮噬。那不会鸣唱的丑陋的蚕，不声不响地啃光了我一枚枚黑甜的桑叶……闲下来时，仔细端详这只可爱的虫子，发现它真的有一点像"驴驹儿"呢！首先是头脸，不就是"具体而微"的一个小驴子嘛；再看那短短的翼翅，多像驴子身上架了一副鞍子；而最相似的，大概是它恣意的叫声了吧？它们都属于用撒欢式的高叫表达生命感觉的动物，不屑缄口，不屑低语。

记得曾带学生做过一段文言文练习，其中谈到怀揣蝈蝈越冬之妙："偶于稠人广座之中，清韵自胸前突出，非同四壁蛩声助人叹息，而悠然自得之甚。"许多同学读到这里都笑了起来。我也忍不住笑了。揣想着在那没有 MP3 的年代，那长衫的男子以"胸前"一声"清韵"引来众人艳羡眼光时的得意神情，不由你不笑。

大自然的声音最是慰人——慰被生计压得丢了从容、丢了睡眠的悲苦人，慰漫漫寒冬中耳朵寂寞得结了蛛网的寒苦人。

班得瑞的轻音乐之所以获得那么多的拥趸，不就是因为他们聪明地在音乐中糅进了太多阿尔卑斯山中自在的鸟鸣虫唱、风声水声吗？我，我们，跟着奥利弗·史瓦兹静静倾听，在《云海》中飞身云海，在《仙境》中步入仙境。

一个哲人走进深秋的草丛，他厌恨虫子们毫无理性的浅薄鸣唱，告诫它们道："明天就将有一场霜扼断你们的歌声！"虫子们回答说："正因为这样我们才拼命歌唱！"

我喜欢虫子们的态度。我喜欢我的"驴驹儿"日夜勤勉地叫个不停。当我手捧费尽千辛万苦从郊外采来的两朵娇黄的丝瓜花送给你做点心时，我小小的、有着滑稽绰号的歌唱家，愿你能体察到我对你以及我们永恒故园的挚爱！

打动我的心

　　她钢琴弹得不错，在这家酒吧做着兼职，一来是为稻粱谋，二来也是受朋友之托。每晚，她应客人之邀演奏流行的曲目，在大家稀稀落落的掌声中打发时间。

　　打烊的时刻临近了，客人们纷纷退去，服务生开始打着呵欠收拾杯碟。大厅里一片玻璃器皿轻撞的声音。她扫视一眼大厅，发现整个大厅仅剩了坐得距离她最近的一位先生。他举着半杯红酒，饮得从容，似乎忘了离开，服务生也没有撵他的意思。

　　她梳理一下情绪，开始在玻璃器皿撞击的轻响中为自己弹奏深爱的肖邦夜曲。没有客人点这样的曲子。只有在人潮退去之后，她独自把这支曲子送进自己的耳鼓，让耳朵在整晚的辛劳之后被这仙乐轻轻爱抚。

　　当她弹奏完毕，起身欲离开时，那位先生朝服务生打了个手势，结了账。

　　几乎每天都要上演同样的节目——那位先生一定要听她演奏完肖邦夜曲后才离开。

　　终于有一天，在她演奏完深爱的曲子之后，那位先生走到她面前，说："我可以为你弹一曲吗，女士？"她无比惊讶地望向他，却无法拒绝这突兀又动人的要求。"当然，"她说，"请吧。"这样说着，她离开了琴凳。

大厅里玻璃器皿的轻撞声并没有因此停下。

那位先生坐在钢琴前，开始弹奏她深爱的那支曲子。虽说他的弹奏技艺远非炉火纯青，但他弹得十分投入，十分倾情。一曲终了，她由衷地鼓掌，并盛情地将乐谱递给他，邀他再弹一曲。但是，他推辞了，说："我不识乐谱，只是我每天看你弹奏，熟记了指法。"

你是不是和我一样，被这个美好的故事打动？这是一则国产葡萄酒的广告。它有一句深情的提示语："美好发现，永远不晚。"自打这则广告进驻了我的心田，只要一有机会，我就喜欢点这种葡萄酒，独饮，或与人饮。

我愿意在微醺中品味这让人心动的故事。我想，生活中的每个人，可能都有着"她"的清高与孤独，因了这样或那样的原因，驱遣自己去做并不十分情愿做的事情，但内心深处，却藏匿着一个期待理解、期待抚慰的柔弱自我。片刻的宣泄，瞬间的告白，不期然被人窥破，却又温暖地领受了他人将那悄然的情愫苦心编织而成的美艳花环。我喜欢沉溺在这样的芳菲情节里，我喜欢看世界上的花朵在必然的坠落过程中被怜惜的手轻触一下的温情，那花不认识那手，那手也未必认识那花，可这并不妨碍它们诗意的相逢和相逢后诗意的回味。

同时，我也愿意擎着一杯葡萄酒耐心地等。我走在平淡无奇的故事中，却盼望那故事有一个无比精彩的结局。我希望生活中遇到的每一个人都能像那位先生一样拥有一颗"琴心"，哪怕不懂乐谱，也有熟记指法的慧心和为他人演奏的热心，温雅，脱俗，有很好的分寸感，像优质的葡萄酒，在液态的火焰中握着一份自信的从容，让你在微笑中轻轻颔首——美好发现，永远不晚。

字之美 人之美

　　跟一位书法家学书法。看他为我示范写那个"女"字。他运笔自如，行云流水，信手而书的"女"字令人赏心悦目。为了给我讲清方块字的字形特点，他用毛笔笔尖将"女"字外围的五个点连成了一个规规整整的五边形。他为我讲圆融，讲方正，讲软软的毛笔如何与软软的宣纸"较劲"。他说："在我眼里，汉字是有生命的。就说这个'女'字，写它的时候，我总是想到自己最在意的女人——母亲，妻子，女儿。想她们在好山好水间盘坐的样子。想着想着，这个字就活了。想不写好它都没有办法啊！"

　　我由衷赞道："您说得真好！"

　　他说："其实，汉字本身就生得美，把它写难看，实在是一件不容易的事；但有人偏偏知难而进，挖空心思地把汉字往难看里写，他们以为这样省力，殊不知，有一种叫作'违逆'的破坏往往需要动用更大的蛮劲！在我看来，把字写好，是一件容易的事，也是一件很赚的事。我常说，写一手好字，有'三受用'。首先是字受用——让字待得舒服些，这很重要，你看这个'女'字，若是写好了，多么顺眼，多么俏丽！它美美地坐在纸上，简约，但不简单；其次是写字的人受用——字写得好看，本身就是对写字人的一种最高奖赏，我曾经不吃、不喝、不睡连续写字28个小时，越写越爱写，越写越带劲，简直就是一种谈恋爱般的感觉；最后是看字的人受用——说出来你可能不信，我在自己痴迷的书法作品面前真的会醉，跟醉酒之后的醉差不多，飘然欲仙！第一回见到柳公权的书法真迹，我被准许用指头直接触摸字迹，你猜怎样？我一下子晕了头，手也发起抖来——写一手好字，对字、对己、对人都是一种莫大的安慰与鼓舞。扬雄说：'书，心画也。'刘熙载甚至说：'书，如也——如其学，如其才，如其志。'字是你灵魂的活画像。字如其人，字如其面，字如其心。你若自爱，又有什么理由不把你的脸面与心境收拾得美一些呢？"

我多么喜欢听我老师说把字写难看"实在是一件不容易的事"！因为我深信，仓颉造字时，定然严格遵循了美学规律，把每一个汉字都造得那么讲究，那么美丽。追溯"美"字之源，我看见了长着漂亮犄角的羊儿在溪前饮水；追溯"丽"字之源，我看见了打了梅花戳记的鹿儿在山坡吃草——让我们的思想回到仓颉那里，体悟着他造字时的诗心、慧心与苦心，我们就自觉远离了丑陋的字迹。

独自练字的时候，我在心里一遍遍回味老师的话。他的"三受用"理论给了我太多的启发。慢慢地，我对傅山先生所言"作字如做人"有了进一步的体味。如果说写一手好字是"三受用"，那么，做一个好人又何尝不是"三受用"呢？鄙陋的心，最易感受寒意。爱抱怨的人，就有望收获一个值得抱怨的人生。"戴上紫手环，只要抱怨就换手。"这是来自威尔·鲍温的温煦提醒。这种跟自身"不完美"的暗自较劲，可能要伴随我们整整一生。降生尘世，每个人都被赋予了发展成那个"最美自我"的潜质，如果你善于在有缺陷的世界上刻意打造一颗无缺陷的心，见贤思齐，见善思齐，见智思齐，见美思齐，不容许自己的生命与灰败为伍，即便在周天寒彻的日子，也能在心壤上抽出一茎春芽，独自消受那丁点儿绿意，积极引领一个姗姗来迟的季节，那么，我敢说，你已经是"自我受用、家庭受用、社会受用"的造物之杰作了。这样，你用来警醒自我的"紫手环"就可以永久地脱卸下来了。

生命，不是用来抱憾的，而是用来盛开与宴飨的。我愿每个人都活得像我老师笔下的那个"女"字一样，端丽，优美，有风骨，有锐气，无瑕疵，不造作。

写一手美的字，做一个美的人——恭喜你，你赚了！

今生与谁同坐

不开心的时刻，突然收到朋友发来的一条手机短信："我在苏州园林，独自幽坐'与谁同坐轩'。扪心自问：我欲与谁同坐？斗胆问君：君若来此轩，又欲与谁同坐？"

饶有兴味地读着这条短信，我的不开心顿时烟消云散。

若干年前，我也曾游过"与谁同坐轩"的，只是，我游得仓促，只在轩前与众人合了一个影，并未细细揣想自己究竟愿意"与谁同坐"这样一个有意思的问题。今天，既是朋友问了，不妨试着做一回答。

首先，我愿意与会欣赏的人同坐。会欣赏的人，有着一颗经由世界细琢细磨锻造而成的心。它善于采撷，善于与美对话，善于在没有风景的地方看出风景来。说真的，我很怕与无趣的人结伴出行，不管那人性别与我相同还是相异。那一年，我和一个无趣的人同游法国的罗浮宫，他累了，懒得再陪我转，居然开口对我说："你给我照张相，证明我来过就得了。"我举起相机，悲哀得说不出话。我开始心疼那昂贵的机票，痴痴地想，要是让谁谁来替代了他，那该多好！

其次，我愿意与会欢笑的人同坐。面对美景丽人，我喜欢会欢呼的那一个。炎炎夏日，霍金来访，这个只能用面部抽搐来表示肯定的人，居然明白无误地说他"喜欢中国姑娘"！当那台充当他喉舌的特制电脑流利地读出这个多情的句子时，我看见霍金的眼睛登时放射出了无比温柔的光芒。世界将精彩呈现在我们面前，它愿意听到我们由衷的欢呼。我害怕与一个对美盲视的人同坐，我害怕他（她）表情漠然地看着让人动心的景物与人物，彻底丧失掉表达的欲望和微笑的本领。

再次，我愿意与会扮靓的人同坐。不管这人是男是女，也不管他（她）长得是丑是俊，反正我就是不可救药地喜欢会扮靓的人！我有一个忘年交，一个62岁的老太太，我没大没小地管她叫"亲爱的"，她呢，也顺势这样称呼我。那年初春，她约我去北京保利剧院看杨丽萍的原生态舞蹈，走在街上，所有的人都回头看她，因她穿了宝蓝色高跟皮靴，灰粉格子毛短裙，淡粉收腰低领毛衫。她妖娆地挽着我，优雅地踩着碎步走。嘿嘿，虽说我衣履远不及老太太光鲜，但我也颇得意啊，因为，我觉得她的光辉美美地照亮了我！

我愿意与会欣赏、会欢笑、会扮靓的人同坐，这样的要求不算太高吧？美丽的苏州园林，用一个美丽的轩名，引发了我美丽的遐想。远方的朋友，愿你在千山万水之外听到我清越的心音，愿你我今生能常与中意的人比肩而坐，让我们一起看落日熔金，冰轮乍涌；让我们一起听鸟鸣虫唱，风声雨声！

第二辑

藏不住的价值观

价值观这个词近些年总被提起，而只要和这个词有些关系的话语、文章都免不了有些许说教的意味。不过在张丽钧的散文作品中，即使是对某些价值观进行抨击，也没有一丝说教的意味，反而是娓娓道来、引人入胜的。价值观正确与否，一直都没有一个绝对的评判标准，但每个人心中都应该有一套价值体系，这样才能在生命旅途中客观、公正地对待自己和他人。

不要沦为"数字"的奴隶

一个朋友带学生去美国旅游。孩子们乖巧、知礼、求知欲高，还争着抢着给她拿包、与她切磋美国俚语的译法。她感觉带这拨孩子出来可真是轻松惬意。但是，回国前，美国的"地导"跟她说了一件事，她听后内心五味杂陈，万分纠结。那个美国"地导"其实是个入职不久的台湾人，分手前，他跟我的朋友说："作为导游，每到一处，我都要详细介绍那里的风土人情、历史掌故、名人轶事、建筑特色等；但是，我有个发现，您这个团，团员们特别爱问的一个问题是：'这里的房子多少钱一平方米？'非常抱歉，这个问题我没有很确切的答案。为此，我要向您道歉！"朋友跟我说："你知道吗？他道歉的时候我都呆了，根本不知怎么接他的话茬！几天相处下来，我可以肯定地说，这是个异常敬业的导游，这个异常敬业的导游不掌握当地房子的确切行情，并要为此向带队者致歉，起码意味着此前他所带的团没有人提出过类似问题；另外，我们重点游览的美国中部地区，值得关注的自然景观与人文景观极其丰富，孩子们却为什么偏偏'特别爱问'房价呢？这两个问题搅得我心烦意乱——我想，我是不是应该从我们常说的那句话中找找答案，那就是：每一个'问题学生'的背后都站着一个或几个'问题家长'。换句话说，房价问题，根本不是孩子开口在问，而是家长开口在问呀！"

这故事简直像极了《小王子》的"现实版"——如果你告诉大人："我看见一幢漂亮的红砖房子，窗前摆着天竺葵，鸽子在屋顶栖息……"他们便无法想象这是一幢怎样的房子。你必须对他们说："我看见一幢值十万法郎的房子！"他们就会惊叹："多漂亮的房子啊！"作者一针见血地指出，那些大人，"除了数字，对别的东西都失去了兴趣"。

问题是，我朋友带到美国去的，只是一些十六七岁的中学生啊！这么早，他们就像大人那样想问题了。忽略了色彩、芳香、天趣，枯涩贫乏的心里只剩下了干巴巴的"数字"。

"小王子"走过那么多星球，遇到过形形色色的人。他的结论是："他们（大人）就这副德行。孩子对大人应该尽量地宽容。"我百思不得其解的是：大人的那副"德行"怎么这么快就传染到了我们的孩子身上？十六七岁，还处在"少年心事当拿云"的旖旎年纪，孩子们的目光，应该本能地追索人类文明的行踪，忽略房价，不染世俗，带着一些可贵的"乌托邦"和难得的"形而上"，透明得像一条"玻璃拉拉鱼"，只对美好的人、事、物上瘾。但是，相反的事实却无情地打痛了我们的脸。

就像我那个朋友说的那样，每个孩子身后都站着一个或几个隐身的家长。家长的精神趣味直接影响了孩子的精神趣味。孩子是家长的翻版，也是家长的代言人。孩子问的，都是家长最想知晓的。我想，如果我们的孩子从小眼中就没有神圣的人、事、物，只会对

"十万法郎的房子"发出惊叹，我就有理由为我们国家的明天担忧。
在我看来，一个人、一个家、一个国，如果发誓做金钱的情人，迟
早会沦为金钱的"弃妇"。

一块豆饼的给予方式

假如，我是说假如，你手里有一块豆饼，一块通常用来喂牲口的、口味很不怎么样的豆饼；但是，你身边围了一圈儿孩子，一圈儿饥肠辘辘的孩子，他们眼巴巴望着你手里那块"美味"的豆饼，悄悄咽口水。你手里的豆饼有限，不可能满足所有孩子的要求，那么，你该怎样送出手中的豆饼？

有这么一个人，是村子里的粮食保管员，他拿豆饼引逗着肚子瘪瘪的孩子们，让他们学狗叫。他说，谁学得最像就把豆饼赏给谁。结果，一群孩子便争先恐后地学起了狗叫。大家学得都很像，难分伯仲。于是，那人便把那块豆饼"远远地掷了出去"，让孩子们蜂拥而上去抢夺那块豆饼。

在这群孩子中间，有一个叫莫言的人。他后来把这个酸涩的故事写进了他的散文《母亲》。莫言写道，当他回到家中，受到了父亲和爷爷的严厉批评。爷爷说：嘴巴就是一个过道，何必为了一块豆饼而学狗叫呢？人应该有骨气！

当我带领着今天的高中生阅读这篇文章的时候，我没有在爷爷的话上过多引申，毕竟，那种可怕的饥馑不太可能转回身来继续啮噬今天的孩子，并且，他们读初中时就背诵过了"志士不饮盗泉之水，廉者不受嗟来之食"，"为了尊严不学狗叫"的道理他们都明白。但是，我依然不肯轻易翻过这一页书，我说："来，孩子们，我们一起想想一块豆饼究竟有多少种给予方式？"

他们嚷嚷起来——平分了给予，人心向来"不患寡而患不均"；按家庭条件给予，照顾家庭特困的；按年龄大小给予，照顾年龄最小的……

我说："你们说的都有一定道理，我愿意相信你们会动用自己的智慧分好手中的豆饼。但是，我还是担心，我担心你们会自觉不自觉地学起了那个粮食保管员。邪恶的倨傲心，让他有了那么独特的'创意'——你不是想得到我的施舍吗？那好，那你就先满足我对你的'非人'设定，你是一条狗，你要学狗吠叫、学狗抢食，只有这样的给予方式，才能让我真切地体会到拥有权势的快感。

"孩子们，以后，你们手里可能会攥着五花八门的豆饼——如果你做了教师，你会攥着知识的豆饼；如果你做了医生，你会攥着健康的豆饼；如果你做了董事长，你会攥着薪酬的豆饼；如果你做了执法者，你会攥着公正的豆饼——那么多的人寄望于你，那么多的人巴望着从你那里得到他们正匮乏、正渴盼着的东西，你能将倨傲地给予看成是一种对自我的侮辱吗？就像那个粮食保管员一样，当他动了让那些孩子学狗吠叫、学狗抢食的心思，他已先于孩子们充任起了他预设的角色。

"你懂得怎样的给予才称得上是高贵的给予吗？当那块无形的豆饼被送出去的时候，那施与的手，应该是被感恩注释过的——感恩我有机会给予你知识，感恩我有机会给予你健康，感恩我有机会给予你薪酬，感恩我有机会给予你公正——一个社会的美好度，很大程度上取决于给予者的美好度。给予者丑恶不堪，社会就不可能美好。

"孩子们，让我们在特蕾莎修女的箴言面前对对表吧——'给予就是接受，施恩就是受惠'。"

藏不住的价值观

价值观这东西通常是看不见、摸不到的。但在一个特殊的场合，我们的价值观突然就被陈列在了光天化日之下——墓园文化，赤裸裸展览着一个群体的价值观。

我们的墓园，一般都建在远离城镇的地方。我们看重什么，就给逝者送去什么。我们看重金钱，于是就把面值大得吓人的冥币送到了墓园；我们看重美食，于是就把画在纸上的满汉全席送到了墓园；我们看重奢华，于是就把纸糊的别墅、豪车、iPhone 送到了墓园；我们看重女色，于是就把精心绘制的"小姐"送到了墓园——

想起那年在德国的一个美丽小镇下榻，早起遛弯时，突然发现在离我们旅馆不到 100 米的地方就是一个墓园！同行者颇愤愤，认定被安排住在这里是遭到了歧视。吃早餐的时候，我们发现这个小旅馆住满了本土人士。后来我们才知道，德国的墓园多建在城镇的"黄金地段"，他们不怕"鬼"，愿意与死人朝夕相处。他们的墓园好美呀！有根的、无根的鲜花满目皆是；高大茁壮的苹果树结满了累累果实；在苹果树下，是一条条原木长凳，那长凳边缘的幽幽亮光，是常年光顾这里的人们弄出来的可爱"包浆"。我想，大概唯有对同类充满深度好感的人，才可能将墓园当成百游不厌的花园吧？徜徉在这样的墓园里，我没有恐惧的感觉，相反，这里静谧、安适的氛围，竟让我生出恋恋不舍之情。我是唯一一个在这墓园里留影的人。那张照片，至今都是我最爱的一张。

据说犹太人去墓园祭奠的时候，一定要带上几本书，因为他们相信，每当夜深人静之时，逝者就会从坟墓里出来看书。这个民族有一个意味深长的传统仪式：在孩子刚刚懂事的时候，就在书页上滴一滴蜜，让孩子去亲吻它，用这样的方式告诉孩子，书本是甜的，日后要手不释卷。从出生到入土，他们都眷恋着书、膜拜着书。正因为如此，这个民族的智慧和尊严才不容小觑。

在我们的教育中，"死亡教育"一直缺位。我曾经为我的学生布置过一篇《假如今天是我生命的最后一天》的命题作文，惹得一些家长颇不快，他们认为这是个"不吉利"的作文题目。人们普遍能够接受的是——敬爱一个人到了极致，就要喊他"万岁"，即便心里知道这句祝福语荒唐透顶，那也要喊。在我们身边，"死亡"每天都在上演，我们却假装它不存在。我们的回避中裹着无尽的恐惧。当我看到美国小学生的必读书目中赫然列有探讨"死亡价值"的《不老泉》一书时，我惊呆了。

有位名人，在大庭广众之下高谈人性。谈到庄子在他妻子死后"鼓盆而歌"时，他出语惊人："显然，庄子把哲学研究得走火入魔了，他连人之常情都悖逆了！"我为庄子一恸！伟大的庄子，悟透了死生之理，超越了俗世悲哀。"鼓盆而歌"，恰是他"以理化情"的最佳明证啊！

多么可悲——庄子的后人，越来越读不懂这位极力反对厚葬、快乐地宣称自己要"以天地为棺椁"的先哲了。

死，是生之链条上的重要一环；墓园，是每个生者的最终家园。如果这两样东西不被理解和善待，生命的价值就不可能被认清。

怕死，怕鬼，这就是人们的普遍心态；避谈死，远离鬼，这就是人们的普遍选择。可是，看看我们身边，又有多少人在鬼鬼祟祟地做着"鬼"的文章呀！孝子贤孙以焚烧纸钱、纸房、纸车、纸人在人前"秀"孝心；也用这样的做法拍"鬼"的马屁，指望得到它的保佑，也拜托它不要动不动就闯进梦里来吓人。

人们跟"鬼"的关系很吊诡。惧着它、躲着它，又哄着它、敬着它。我们想过吗？一旦我们作古，立马就变成了这样一种不尴不尬的讨嫌角色。

我们的墓园更像"魔窟"，充满了令人避之唯恐不及的阴森气息。没有人愿意在这里安放一条长凳，安放了也不会有人来坐；只有在那个法定假日里，人们才较着劲儿地抬来被他们万分看重又打心眼里"膈应"的五花八门的冥物，烧它个火光冲天，然后转身匆匆离去。

实惠到恶俗，潦草到猥琐——这，就是我们的墓园文化；这，就是我们藏不住的价值观。

值得尊重的“反对票”

总有这样一些时刻——一张庄严的选票发到我们手中，上面挨挨挤挤地印了一串人名，而我们手心，仅攥着有限的几个“对勾”。给谁？不给谁？掂量的时刻，取舍的瞬间，我们的手与心，感到一种重量；似乎还嫌这重量不够，我们还要继续给自己加码——或许，我这一张票，恰好就决定了某个人的“上”或“下”——怎么办？怎么好？

一张薄薄的选票，折磨得我们坐立不安。

我愿意与你分享一个真实的故事，我愿意这故事中可敬的人儿，能够手把手帮你我做好手中“对勾”的分配方案。

她，是首届“郁达夫小说奖”的评委，手里揣着沉甸甸的九张选票中的一张。“郁达夫小说奖”采取的是“实名制”投票方式。每个评委，都要将自己的好恶陈列于光天化日之下。

在为短篇小说《伊琳娜的礼帽》进行终评投票时，她投了反对票——她是九位评委当中唯一一位投反对票的人。

当然，那一张反对票，没有阻拦得了《伊琳娜的礼帽》的胜出。

作者来领奖了。

作者得知自己作品得到了唯一一张反对票，且知道了那张反对票来自她。作者不但没有气恼，反而明确表示：投反对票的人是"值得尊重的"，因为她是在"对着作品说话"。

我钦佩那投反对票的人。她尊重自己——她没有违逆着自己的心灵去投票，"隐名"也好，"实名"也罢，反正她就是不肯对那张神圣的选票撒谎；她相信作者——她知道这是一场全透明的游戏，她愿意在阳光下接受全世界对这张反对票的讶然审视，她相信作者的为人，她相信这张反对票不会在她们之间投下暗影；她不辱使命——她是应邀来完成"掂量"这份特殊工作的，她的一双慧眼，寄寓了邀约者的深情与厚望，她不允许自己的心生出半点敷衍与偏徇。

我更钦佩那欣然接受了反对票的人。她没有怨怼那为自己作品打叉的人，她向那个可贵的"叉"投去了敬重的目光，她明白，唯有用心研读了那篇小说的人，才有资格大声对它说出自己的观点；她更懂得，这个不同寻常的"叉"，寄托着这位"眼刁"评委对自己日后作品的无限期冀——她看到了自己作品进一步提升的空间。

不违背自己内心意旨的人，值得尊重；宽厚地接纳了他人反对意见的人，值得尊重；慨然向这两颗澄澈的心灵奉上自己钦仰的人，值得尊重。

让我们记住这两个人——"郁达夫小说奖"评委王安忆，《伊琳娜的礼帽》作者铁凝。

让我们在一张"隐名"或"实名"的选票上留下自己真实的心迹，让我们以一种尊重去赢得另一种尊重吧！

对不起，只有一本挂历

S市特殊教育学校有30个盲学生，学校买不起"盲文纸"供孩子使用，便通过电视台向观众求援，他们希望爱心人士能将家里的旧挂历捐献出来，让盲学生以此替代盲文纸使用。

节目播出后，全国各地的爱心人士都行动起来了，有人捐款，有人捐盲文纸，有人捐挂历——当然，捐挂历的最多。跟着回访的镜头，我看到堆积如山的一卷卷邮件。记者举起其中一卷邮件说："大家看，这位捐赠者还特意在包装纸上写了这样一句话：对不起，只有一本挂历！"

跟着镜头，我看见那些盲孩子用裁成一小张一小张的花花绿绿的挂历纸的反面在打盲文。我没有见过真正的盲文纸，但能够大致猜想得出那应该是类似"铜版纸"的一种较厚的纸张。废物利用，符合低碳生活理念，自然是好事一桩。但是，让一所地处省会城市的学校用这种方式向社会募集替代盲文纸的"挂历"，我心里塞满说不出的悲凉。

我在伦敦做"影子校长"期间，听到过一个关于伊顿公学学生上"选修课"的故事。学校让每个学生都根据自己的爱好报选一项美术选修课程。一个来自中国的孩子便报了"剪纸"这门课。老师们看到这个选修科目之后，全都一头雾水。老师问这个孩子："什么叫'剪纸'？"那孩子便向老师讨要了一张打印纸，再要剪刀时，被告知手头没有，得去别处借。那孩子说："不用了。"说完便开始用手撕，三下两下就撕出了一只小兔子。老师们惊呼起来，以为遇到了一个"东方异人"。校方开始四处为这个中国小孩寻觅能为他上"剪纸课"的老师——注意，即便仅有一个孩子有选修某种课程的需求，校方也要全力满足。他们不计成本，费尽千辛万苦，终于为那个喜欢剪纸的中国孩子在茫茫人海中寻到了一个来自中国的剪纸老艺人……

你可能会说，伊顿公学学生的全套校服就折合人民币 10 万元，而咱们是"穷国办大教育"，怎么好跟那样的贵族学校比？我不是疯子，压根也没有号召我们去跟人家比豪奢，我只是想问一句：我们有多少人肯把孩子的需求看成是"天大的事"？

我与我所在城市的特殊教育学校校长是朋友。看完电视后打电话问她："喂，你们的盲孩子用什么纸？要不要我为你搜罗些旧挂历啊？"她说："我也注意到 S 市为盲学生募集旧挂历的事了，我特难过你知道吗？那些旧挂历，挂了整整一年了，上面落了多少灰尘啊？盲孩子就该吃土吗？还有，那些挂历纸材质各异，薄厚不一，盲孩子用它打字时，不是戳不动就是一戳一个窟窿啊！北京盲文出版社的盲文纸也就一角多钱一张，官员少吃一顿大餐，少喝一瓶茅台，少抽一条中华，盲孩子的问题不就都解决了吗？你说，人类社会发展到了今天，干吗非让原本就不幸的盲孩子过这么寒酸的日子啊！"

她的问题，问出了我的眼泪。

　　"再穷也不能穷教育。"这句漂亮的口号我们喊了多少年了？而现实却无情地为这句口号做着反注。

　　"对不起，只有一本挂历。"这句话，从捐挂历的人口中说出，是慈悲；从一个国家的口中说出，是耻辱。

心　眼

　　一进门，看见妹妹的孩子丫丫正看电视，扭脸匆匆跟我打了个招呼，就对着电视大喊起来："拿盐！拿盐！快拿盐！"我被她的情绪感染，忙跑过去看她究竟在看什么。

　　她眼睛不离开电视，快速跟我说："中国厨师和法国厨师比赛做菜呢！80种食材，随便挑。——哎呀，急死我了！中国厨师怎么不知道拿盐呢！"跟她比着赛着急的，是现场的女主持人，她跺着脚，都恨不得帮中国厨师去抢盐了。

　　我觉得有趣，便坐下来跟她一起看。

　　是呢，盐乃百味之王，这个道理连读小学的丫丫都懂，你咋能不拿盐呢！终于，盐被拿走了——被法国厨师拿走了。丫丫快气疯了，主持人也急得直叹气。——咦？不拿盐就算了，你拿什么羊蝎子啊！主持人也有点绷不住了，点评道："中国厨师刚才已经拿走了羊排，现在又拿走了羊蝎子，这让人觉得太不可思议了！羊蝎子骨头多，肉少，处理起来非常麻烦……"丫丫尖着嗓子叫起来："你是灰太狼啊？眼里只有羊羊羊！缺心眼吧你？连盐都没有，看你怎么做！"

　　眼看大桌子上的80种食材就被双方拿光了，接下来的环节居然是：强行送给对方一样食材，再强行从对方那里拿走一样食材！丫丫登时欢叫起来："赶紧把盐拿过来！要不就没机会了！"就像听到了丫丫的命令一样，只见中国厨师稳准狠地从对方那里攫取了盐，然后，又将那倒霉的羊蝎子送给了对方。

丫丫欢呼起来："哇——这下好了！法国厨师没了盐，肯定输了！刚才急死我了，我以为中国厨师睡迷糊了。嗯，还不错，他睡半截又醒了，哈哈！"

比赛结果：中国厨师完胜。

我想告诉丫丫，其实，中国厨师根本就没睡迷糊！不但没睡迷糊，他比谁都清醒。他把比赛规则研究得太透彻了！在挑食材之前，他先在心里盘算好了哪样东西是我绝对离不了的，哪样东西是我避之唯恐不及的；挑食材的时候，他让自己避开了那最想要的，却拿起了那最不想要的；到了强行交换食材的环节，他立马活了——把最想要的东西从对方手里抢过来，把最不想要的东西扔给对方。显然，这场比赛的规则中有一个陷阱，可叹的是，法国厨师只带来了手艺，没带来心眼，所以，大勺还没掂起，他已必败无疑。

但是，这些话拱到舌尖，又被我咽了回去。我怕，怕这个"斗心眼"的故事会偷走一个 11 岁孩子的纯真……

你为什么对我这么好

北大一位老教授讲过这样一个故事：有个女生（当然也可以是个男生），每天来听他讲课。那女生坐第一排，边听边对他点头微笑。虽说这样的情形教授见多了，但这女生跟旁的"花瓶女生"似乎不太一样，她每次点头微笑都在点子上！下课了，女生第一个冲到教授跟前，续水、递茶，由衷赞美："讲得好死了！"教授心里咯噔一下，告诫自己，对这样肉麻的吹捧，一定要心存戒备；可是接下来，女生开始盘点教授的课究竟好在哪里，一二三四五，句句都深中肯綮。连续如此，教授再也挡不住对该女生的好感了。他跟自己说："真是个罕见的好苗子呢！我却险些误会了她……"后来，女生又来了，却是央教授为她写一封推荐信——她要去美国。教授不好拂女生的面子，便写了。送走女生后，他想：其实，她第一次来听自己的课，就怀了这样功利的目的。不过，她可真堪称高手，瞧她设计得多妙啊——倾倒、膜拜、大秀才华、博取好感、利用好感。这一切，她做得那么自然顺畅、丝丝入扣，让生疑的心都忍不住愧怍起来。——她真不愧为"精致的利己主义者"。

上海一位作家去维也纳旅行，在电车上，他不清楚怎样买票，举着钱，尴尬不已。这时，一位衣着大胆的少妇用肢体语言告诉他，这车是可以免费乘坐的。下车之后，少妇又示意他跟自己走。作家心里打鼓了：莫非，该少妇是"维也纳流莺"？要不，她就是一个"托儿"，绑了自己"肉票"，回头好向旅游团勒索赎金？或者，人高马大的她想要将自己骗到暗处下手，右拳狠狠打在比她矮一头的倒霉男人的左腮上——在小巷里七拐八拐之后，被猜疑伤得体无完肤的少妇居然将作家带到了他想去的地方！作家醒悟了。他跟自己说：我本善良，可我为什么却偏偏要怀疑善良？

从什么时候开始，我们变得送不出、接不到纯粹的"好"了？当"好"不期然君临，我们已经习惯先让自己进入警戒状态，即便如此，阅历非凡的大教授还有可能输给涉世未深的小女生。教授也可能在心里轻描淡写地问了句：你为什么对我这么好？不过，他很快就欣然找到了自以为正确的答案。他未及想也未敢想那小女生的手法竟如此高妙娴熟——她用"好"擀了一个晶莹剔透的饺子皮，再将一份恶心人的馅儿精心地包藏起来，然后，巧笑倩兮地送与教授吃，教授就真吃了，吃了之后就开始作呕。太多人都看到了教授的呕吐物，并且太多人从这呕吐物中吸取了教训——大教授吃一堑，同胞们长一智吧。

我在心里问自己，当我独自被扔在维也纳的电车上，面对一个看衣着就不像好人的少妇的援手，我大概也会将她视为图谋唐僧肉的白骨精吧？我会本能地拒斥她，我会在心里不住地发问：你为什么对我这么好？你凭什么对我这么好？——打从"鲍鱼之肆"走出来的人，被"嗅觉惯性"役使着，总是妄图从所有东西上嗅出不离不弃的臭味。不要责怪作家用意念的粪水泼了异国少妇一身一脸，他浑身长牙，是因为他曾被咬伤，无可告语的痛，让他变得面目狰狞。我们得允许作家对少妇近乎跋扈的误读，因为他是受着这样的教育长大的："这世界上没有无缘无故的爱，也没有无缘无故的恨。"面对一个捧出"无缘无故的爱"的女子，他若不生疑，上帝就该对他生疑了。

谁都愿意接到纯粹的"好"，但是，谁又愿意率先付出那纯粹的"好"呢？在一个"狡黠崇拜"的国度，在一个人人都会说"无利不起早"的国度，几乎每个人都可能携带上欺瞒、奸诈的DNA。即使维也纳电车上的少妇变身为一粒种子，被一只抱负不凡的鸟儿衔到了我们的黄土地上，它大概也会因水土不服而拒绝发芽吧。

我们早就习惯了只将浓浓的爱送到"圈子"里——送给亲人、爱人、友人。我们不晓得这其实是一种放大了的利己主义。佛语说：爱出者爱返，福往者福来。充其量，你送到"圈子"里的"爱"与"福"也就数百上千个，返回的，就算翻一番，又有几何？这世界上多的是陌生人，如果我们慷慨地向他们派送货真价实的"爱"与"福"，我们得到的，将是海量回报——你瞧，这是一宗多么"划算"的生意！

我早年写过一篇幼稚的小文章，说是在大难临头的时候，一只健全的老鼠将自己的尾巴塞进一只失明老鼠的口中，带它脱离险境。我让大家猜猜这两只老鼠是什么关系，猜"夫妻关系"的最多，其次是猜"母子关系"，而我最欣赏的答案是猜它们"没有关系"——仅仅因为我们是同类，所以，我爱你，怜你，愿意与你抱团取暖，愿意与你共渡难关，你无需发问：你为什么对我这么好？

两码事

　　有位母亲，在网上看到了中美高中优才生的一次较量——组织者意欲考察这些优才生的价值取向，于是便让他们在"智慧、权力、真理、财富、美貌"这五个选项中选择出自己认为重要的两项。结果，美国学生几乎全都选择了"真理、智慧"，而中国学生几乎全都选择了"财富、权力"。这位母亲在这个结果面前纠结了很久，最后，她决定把这道特殊的选择题拿回家去给女儿做。

　　女儿是一名高三学生。她从卷子的小山中抬起头来，皱着眉头接过母亲郑重递过来的小纸条，飞快地浏览，飞快地打了两个对勾，迅速"交卷"，然后继续埋头题海。母亲万分惊讶地看到女儿选择的居然是"真理、智慧"！她高兴得大叫起来："闺女，你选择的正是妈妈心中的标准答案呀！太好了！太好了！"女儿冷冷地对她说："喊什么呀你！这有啥好开心的？这样的选择题对我们高三学生来说也太'小儿科'了！我知道你心里的标准答案就是这两项，老师早就带我们研究过'答卷心理学'了，你要啥，我就给你啥。你别以为我真心想要的是'真理、智慧'，我想要的其实是'财富、权力'。我心里想的跟我笔下选的是两码事——这都不懂！"

小安吉拉的追问

安吉拉来中国一所外国语学校教书，她 8 岁的女儿小安吉拉也跟了来。

小安吉拉太喜欢问问题了，看到学校楼梯上靠右边画着两行彩色小脚丫，就问这所学校的孔校长："为什么要把脚丫画在楼梯上？"孔校长说："那是提醒学生们要右行礼让啊。"小安吉拉继续问道："难道会有人分不清左右吗？"孔校长说："左右倒是能分清，但是，有时候会有人忘了应该靠右边行走。"小安吉拉不依不饶："为什么会忘了靠右边行走呢？"孔校长噎住了。

正聊着，有个戴着"两道杠"的女生迎面走来，向孔校长问好。小安吉拉惊奇极了，问孔校长："她为什么把'等号'戴在胳膊上？"孔校长说："那不是'等号'，那是少先队中队长的队标。"小安吉拉没听懂，疑惑地追问："是不是今天她要值日呢？"孔校长说："不是。是因为她优秀，所以给她戴上这个。"小安吉拉更糊涂了："为什么优秀就戴'等号'呢？那不优秀的戴什么？"孔校长又噎住了。

安吉拉的中文讲得不错，每当提到"中文"这个词时，她总喜欢加个修饰语，管中文叫"美丽中文"。但是，当孔校长建议让小安吉拉到二年级"双语教学班"旁听的时候，安吉拉却一口回绝了，她说："让她玩吧。她需要玩。"

半年的聘期很快就到了。安吉拉就要带着她的女儿小安吉拉回国了。临走前，安吉拉拉着孔校长的手对她说："孔，我很佩服你，也很同情你。你的工作，是在向'无'要'有'，也是在向'有'要'无'啊！"

安吉拉和小安吉拉走了。但是，孔校长的耳边却时常响起小安吉拉稚嫩的问话和安吉拉绕口令一般的临别赠语。

是啊，如果不是那个 8 岁女孩的饶舌追问，孔校长还一直为那些彩色的小脚丫得意呢；如果不是那个 8 岁女孩的饶舌追问，孔校长还一直为那些戴了"杠杠"的孩子骄傲呢。但是，小安吉拉的追问让孔校长沉思。

这座城市曾设过一个"红灯止步奖"，特等奖的奖品居然是一辆小轿车。这是个多么耻辱的奖项啊！这无异于将该市居民普遍违反交通规则的恶习昭告天下。有句话说得好，"素质就是不必提醒"，而楼梯上的彩色脚丫，不也暴露了这里的孩子尚不具备良好的素质吗？最要命的是那戴在孩子胳膊上的"等号"，它其实是个"不等号"呀！给小小的孩子打上五花八门的标签，让"权力"这东西过早地诱惑孩子纯净的心灵，让少数孩子活在"优越感"的腐气里，让多数孩子活在"不如人"的悲凉里，这是在立功还是在犯罪？别嘲笑那个 7 岁就迷恋读《参考消息》、胳膊上戴着"五道杠"的孩子，那不是孩子的悲哀，那是成人的悲哀。小学校园，本该是个弥漫着奶香、花香的圣洁之地；但是，"官场"，却过早地在这里顽强地萌蘖了。孩子的人格被异化，天性被摧残。广州那个叫"杰仔"的小学生，不就曾哭着央求爸爸去老师那里给他"买官"吗？当跑官、要官、买官、卖官成了小学校园的精神风景，我们又怎能指望这些孩子日后撑起民族的天空？

孔校长想起陈丹青先生第一次去美国时的情形。陈先生曾讶异于那里"人人长着一张没受过欺负的脸"。这样的讶异已经很遥远了，但想来却依然令孔校长难过。她所理解的"没受过欺负"，是未受过侵扰的尊严，是未受过轻慢的心灵，是内心恪守的秩序自然外化后无需呵责的行为——这样的"脸"，被我们丢在了哪阵风中？

"你的工作，是在向'无'要'有'，也是在向'有'要'无'啊！"这句临别赠语，安吉拉是用"美丽中文"说的。她说得多么慰人、又多么戳人呀！天天说着"美丽中文"的我们啊，何时才能从"集体无意识"中彻底醒来，完成对自我的"美丽救赎"……

第三辑

没有一天不值得记述

一提到生命这个词语，很多人都会想起《钢铁是怎样炼成的》里的那句"人最宝贵的东西是生命，生命属于人只有一次，人的一生应当这样度过：当他回首往事的时候，不因虚度年华而悔恨，也不因碌碌无为而羞耻。在他临死的时候，他能够这样说：我的整个生命和全部精力，都献给了世界上最壮丽的事业——为人类的解放而斗争。"和平年代，对于每一个普通人来说，也许并不需要为了什么斗争而牺牲生命。但生命对每个人来说依然很珍贵，至少应该让自己在活着的时候懂得感知一切美好，这样才能带着积极、乐观、向上的心态去迎接生命的终结。

1 与 1000 比邻而居

那是多年前的一个夏天，我与儿子站在马路边等车。车一直不来，我俩无事可做，便盯着眼前的居民楼看。

我有个发现，就对儿子说："你注意观察每一家的阳台摆放的植物，看有什么区别。"

他看了一会儿，突然叫起来："哇！有的人家养了满满一阳台花，还嫌不够，竟然又焊了个伸到楼外的多层铁罩子，层层摆放花盆。嘿！简直是立体绿化呀！有的人家嘛，一棵花也没有养——就是这个区别吗？"

我说："你再看看，有没有人家只在阳台摆放了一盆花的？"

他看了看说："还真没有。太奇怪了！这些人家，要么不摆花，要么就摆许多花！"

我说："是啊！你看你老妈我，不就是养花上瘾了嘛！你记得吗？咱家养过一棵米兰，开花的时候，它的香气竟然可以从20层楼一直飘到楼下！这香气鼓舞了我，我于是又陆续买来了茉莉、栀子、熏衣草等香气袭人的花——我每天早起要做的第一件事就是向花儿们请安。我简直不能忍受家里有空花盆，一旦把花养死，我会立刻设法在那花盆里种上东西，实在没什么可种，就种几粒花生，要不，就种一块姜。你爸嘲笑我是'农妇转世'，我呢，还挺认可他这个评判，哈哈……不过，我想跟你说的可不是养花的问题，我想跟你说人性的一个特点：人，一旦在某件事上尝到了甜头，他就遏制不住地要复制再复制。这就是人们通常说的——从 0 到 1 的距离，通常会大于从 1 到 1000 的距离。我们甚至可以这样说：1 与 1000 比邻而居。就说对面楼里那个焊了铁罩子搞立体绿化的人，一定跟你老妈一样，从养一盆花到养多盆花，一发不可收……"

后来，家里有个农村亲戚迷上了赌博，输光了家中的所有积蓄，又借了钱还赌债。我得知此事后很同情他，便给他汇去了一些钱。收到钱后，他打来电话，大哭。他说："妹子妹子，我要是再耍钱，我就砍掉自己的手指头！你一辈子都别再认我这个哥了啊！"我在电话这边陪着他哭，说了很多劝慰的话。大概过了不到一个月的时间，嫂子打来电话，大哭，说："你哥又去赌了！我没法跟他过了！"我听后十分震惊，儿子却在旁边笑笑地说："妈，这有什么好大惊小怪的？这不就是要么不养花、要么养一阳台花还嫌不够嘛！这不就是你所说的'1 与 1000 比邻而居'吗？"

再后来，接触到了"路径依赖"的说法，明白了上述事件均可以表述为：人们一旦进入某一路径（无论是"好"还是"坏"），就可能对这种路径产生依赖。一旦人们做了某种选择，就好比走上了一条不归之路，惯性的力量会使这一选择不断自我强化，并让你轻易走不出去——这多像是"鬼打墙"！你掉进了一个怪圈，任凭怎么奔突、挣扎都逃不出一种无形的辖制。你试图前行，却周而复始地踩在自己的脚印中。

　　"路径依赖"在我们身边普遍地存在着：发表了一篇文章，就生出再发表十篇八篇文章的欲望；献了一次血，就有了再献十次八次血的冲动；资助了一个"珍珠生"，就滋生了再资助十个八个"珍珠生"的想法——而当你第一次蔑视规则却侥幸逃脱惩罚，当你第一次徇私舞弊却未被拆穿，当你第一次背信弃义却喜得红利，你自然也会踏上一条不归之路，在不断地"自我强化"中一点点逼近生命的断崖。

　　所有的"习惯"里都住着一个魔。它一旦统摄了我们的灵魂，我们即会不由自主地向着一个它所指定的方向断然滑去——一个美丽派生出千万个美丽，一个丑陋派生出千万个丑陋。

　　一想到"1"与"1000"原是比邻而居的，我们就应该感到惊骇、恫震。每个人，都不妨在初始的选择面前打一个激灵，因为，这个初始的选择中藏匿着一个"隐形按钮"，按动之后，它将死死地操控着你，不是让你"越飞越高"，就是让你"越陷越深"！

"有意思"与"有意义"

邀请一位教育专家来学校讲学。我和同仁们听得如痴如醉。好的讲座人就像摸着你的脉在讲，你需要什么，他就呈上了什么；甚至他还善于挖掘你的"潜需求"，你一时无力提出的问题，他替你讲出来，并且，将一个妥帖的解决方案和盘托给你，顿时让你觉得自己丰饶极了、强大极了。从这样的讲座现场走出去，你觉得自己换了个人。

讲座在掌声中结束。感谢的话准备了一箩筐，但还不等我开口，讲座人就开始一迭声地向我道谢——谢谢我提供了讲台！谢谢听众听得如此专心！谢谢我们赠予了他一个值得一次次回望的美丽下午！说完这些之后，他话锋一转："你知道吗？昨天下午，我在××大学讲座，讲的是同样的内容，可是，那些大学生不是低头'哧溜哧溜'忙着刷屏，就是男生女生脑袋扎到一起说笑。我好几次懊丧地停下来，等他们的眼神与我交会，但是，我发现我简直是在做梦！讲座快要结束的时候，我忍无可忍了，站起来，跟他们说：对不起，请允许我用手机为你们拍几张照片，我是应你们校长的邀请来为你们讲座的，你们的听讲状态，我感觉有必要反馈给你们的校长！会场一阵骚动，但很快就又恢复了原样。我似乎听见他们在说：爱反馈给谁反馈给谁！你当我们会怕？！唉，这就是今天的大学生啊——大家一起疯狂地迷恋着'有意思'，讨厌着'有意义'！"

我也有同样的体会。邀请人带着十二万分的热情不厌其烦地盛情邀你，待你从俗务中抽身，兴致勃勃去奔赴那个会场，讲着讲着，你就生出了芒刺在背的感觉，巴不得讲座快点结束。好不容易熬到了提问互动环节，不管你讲的是什么内容，提问人都敢劈头抛过来一个爱情方面的奇葩问题，引来全场哄笑——在"有意思"面前，"有意义"很难抢到一席之地。

我们的学生没有对"思想"这东西着迷、上瘾。在《低智商社会》一书中，作者把当今被手机绑架了的人们称作"拿手机的猴子"。"拿手机的猴子"沉湎于手机提供的那个"伪精彩"的世界，躁动的灵魂，便在这碎片化的信息中载沉载浮；恋爱与恋爱状态高于一切，"多巴胺"让平庸的小人物有了盖世英雄般的幻觉。管你什么精神盛宴、思想大餐，我只在意与相爱的人指尖相碰的美妙感觉。

这些孩子，几乎打小就会背诵那首《悯农》："锄禾日当午，汗滴禾下土。谁知盘中餐，粒粒皆辛苦。"他们自然明白，丢弃一粒米都是耻辱；但是，当精神的一粒粒米横陈于面前，他们懂得珍惜了吗？他们不懂得那"米"的意义，他们以为还有比那"米"更有意思的东西等待他们去发掘，于是，他们满不在乎地打翻了那来之不易的"盘中餐"。

当我借助电脑走进哈佛的课堂，学生们的听讲状态让我觉得震惊——他们听得太专注了！我曾跟我的学生说："比我牛的人比我更努力！世界上还有比这更让我们不安的事情吗？"

　　怎样让我们的学生感觉到"有意义"比"有意思"更值钱？怎样让他们觉得随意丢弃一粒精神的米比随意丢弃一粒物质的米更可耻？怎样让他们自觉鄙弃"拿手机的猴子"？怎样让他们有兴致去跟这精彩的世界谈一场恋爱——这些问题，值得我们深思。

内生活

"内生活"，是茅盾的散文名篇《风景谈》中的一个短语。第一次讲这篇课文的时候，我刚满 20 岁。或许是因为"内生活"这个词太简单易懂了，课本上未做注释，预习的时候也没有任何学生朝我问起它。可说实在的，讲课时，我着实对着这个词发了半天愣。我惶惑地自问：究竟什么是"内生活"呢？

隔过上万个日子，我回望这个词；似乎，这个词也在回望我。我听见它说：今天，你懂我了吗？

这么多年，我一直试图充盈自己的"内生活"。

我小心提防着"物质"对我的侵蚀——走过鞋店，那么多漂亮的新款鞋子向我招手，钱袋中的钱币也蠢蠢欲动，但我严格遵守着与自己的约定：不扔掉一双旧鞋，绝不能买新鞋。

我小心提防着"娱乐"对我的侵蚀——我不允许自己触摸麻将牌，不允许自己坦然坐在电视机前一集接一集地看肥皂剧。

我小心提防着"怠惰"对我的侵蚀——忙得不可开交了，也要硬着头皮答应开辟一个新专栏，在手机的日历中记下"交作业"的最后期限，不吃不喝不睡觉也要把稿子赶出来。

　　我小心提防着"麻木"对我的侵蚀——当我将自己摆在盛开的花朵面前，我以不惊奇、不欢呼为耻辱，总是梦想着能像陆放翁那样，78岁了，还能在一树树梅花面前迷醉痴狂。

　　——

　　然而，这样做，我就有资格说自己是一个"内生活"充实的人了吗？

　　当张朝阳自我关了一年多"禁闭"重新露面之后，他说："我什么都有，但居然这么痛苦。"他曾经在《对话》节目中真诚地向美国SUN公司总裁发问："您觉得人生的价值与意义何在？人为什么活着？"总裁是这样回答的："每当夜深人静，我心底里总有一种恐慌与不安，我不敢追问自己活着的目的与意义，我总是用无休止的忙碌刻意使自己忽略这个直逼心底的叩问。"这两个众人眼中"成功者"的对话，惊呆了现场的每一个人。有网友评判道：大人物也撒娇，忒矫情！我不这么看。我觉得这是两个渴望过上优质"内生活"的人的灵魂对讲。他们的财富那么真实，他们的痛苦那么真实。他们都试图为"活着"找到更充分的理由。他们万分焦灼地为自己的皮囊寻觅着一个支点。

　　我问自己：我提防着那么多可提防的，但我活得欣悦澄澈了吗？

　　为什么一听张朝阳说"痛苦"我就心有戚戚？为什么一听到别人抱怨生活我就忍不住跟着唉声叹气？为什么我心中总淤塞着驱不散的孤寂落寞？为什么奔波劳碌了一整天后我依然夜不成寐——我的"内生活美好度"究竟有多高？

　　老子说："天地不仁，以万物为刍狗。"想透这句话，整个人都凋残委顿了——大概6年前，在一次即兴发言中，我自以为恰切地引用了这句话。落座后，我的老师有一个总结发言，他没有推翻我的观点，只说："天地不仁，方为大仁。"我一惊，羞愧地低下了头。

是呢，岁月无情，因为岁月多情。

到石家庄出差，注意到一个小饭店的名字，居然叫"要有光"。我笑了，想：把这个短语借用到这里，真逗。其实，每个人心脏的部位才真该书写上这样三个字——"要有光"！否则，白昼也是黑夜，自由也是禁闭。

"有光"就是摒弃私欲、摒弃虚荣、摒弃烦恼；"有光"就是心系他人、心系明朝、心系天地。

算来，人生仅有 900 个月。900 个月，哪能腾出宝贵的时间去悲鸣、去厌倦、去颓废？人啊，每天都要迫着自己想一想——让这900 个月开出怎样的花朵，才算不枉此生？

"内生活"，今天，我懂你了吗？

没有一天不值得记述

办公室搬家的时候，同事拿来了一个藤箱，说："先把金银细软放进这个箱子里，其他无关紧要的东西我们帮你收拾。"我领受美意，赶忙将自己认为重要的东西一件件放进了藤箱。除了笔记本电脑、教案、光碟、十几本珍贵的签名书之外，就是6本日记了。同事笑我："这几个破旧的日记本里是不是装着青春的秘密？"我笑答："那是次要的，最重要的是，它们装着我'孤本'的日子。"

我是一个酷爱跟自己"对话"的人，感谢日记，忠实地记录下了我与自己的一段段对话。随便翻开一页，某一个日子的"标本"就生动地呈现于面前了。重温一遍，等于奢华地又过了一遍那个日子。

多少次，我在日记中责备那个慵懒的自己："我的日记要沦为周记、月记、年记了吗？"责备之后，日记便又乖乖地成为了真正意义上的"一日一记"；但不久，又出现了空缺的日子。不记日记的日子，定然是忙乱的，那么多的事务都赶来胁迫我，叫我做不成那个在纸页上与自己娴雅对话的自己。如果说，那些缺页带给当年的我的是一个遗憾，那么，今天它已上升为一万个遗憾。我跟岁月深处的那个人说："你真的有那么忙吗？还是觉得日子太过雷同，不值得记述？不管是什么理由，你跋扈地剥夺了今天幸福地重温那些黯然隐去的日子的权利，都是一种绝顶的愚蠢！"

日子被写进日记，尘屑就获得了成为金子的机缘。在日记里，所有的甜，都可以化成蜜，所有的苦，都可以酿成酒。

后来，电脑普及了，我开始在电脑上记日记，日记的形式也有了改变，我往往会为这一天给我触动最深的一个人、一件事"造像"。把这些东西寄出去，编辑居然很喜欢，于是，许多"日记变体"的文章得以发表。

这些年下来，我发表的文章已达数千篇。我的文章，大多是采撷于平常日子的叶片，将它们汇集起来，我就看到了一大片令人欣幸的葳蕤。

我是一个从日记中走出来的作家。我所写的文字，第一个感动的就是我自己。我啜饮着自我调制的饮品成长，骨骼强壮，心地纯净，笑容美好。我以为，日记能拿出与人分享，是日记的福分；日记不便拿出与人分享，是自我的福分。

如果我们觉得哪个日子过于苍白，根本不配走进日记，那就证明我们需要丰富自己的心灵生活了。在我看来，真正有价值的日记，不是记述"今天干了什么"，而是记述"今天想了什么"。让我们的思想留下它珍贵的辙印，这是对自我的尊重，更是对岁月的酬酢。

没有一天不值得记述。明白了这一点，你的日记就可以摇曳生姿，你就可以期望被日记托举起一段不乏光彩的人生。

原谅我在这一刻泪下

教育专家应邀到一所小学去指导工作。在他的日程安排上，有一节二年级的公开课。

公开课是一节美术手工课。孩子们的课桌上摆放着早就准备好的剪刀、胶棒、纸、彩笔等。老师宣布，今天要讲的内容是"少数民族娃娃的制作"。

老师精心制作了PPT课件，在《爱我中华》的背景音乐下，她动情地讲解："我国是一个多民族国家，56个民族56朵花，56族兄弟姐妹是一家。看，这是蒙古族汉子在骑马，这是朝鲜族姑娘在跳舞，这是哈尼族同胞在过节……"图片很漂亮，课堂气氛很热烈。"孩子们，你们爱不爱我们祖国这个大家庭啊？你们为不为我们的民族大团结感到骄傲啊？"老师在眼含热泪地号召同学们回答完了这些问题之后，又打出了几个装束各异的少数民族女子，让孩子们猜猜她们分别属于哪个民族，她们的衣饰、头饰分别有什么象征意义——时间过去一大半了，孩子们还在接受爱国主义、民族大团结、少数民族风情教育。剩下来的十几分钟，孩子们开始动手做少数民族娃娃。许多孩子根本不会使用剪刀，便索性用手去撕，做出来的少数民族娃娃粗陋不堪。老师却夸赞孩子们说："你们真棒！"

　　下课了，老师让教育专家跟孩子们讲几句勉励的话。老专家也不推辞，缓缓走到讲台上，讲了下面这番话。

　　"孩子们啊，我想给你们讲一个我亲身经历的故事。几年前，我到德国去访问，走在柏林的大街上，突然遇到了下雨。我没有带雨具，一身毛料西服是禁不起雨浇的，我决定买把雨伞，恰好旁边就有家商店。我进了商店，跟店员说了我要买雨伞。店员热情地递给我一把德国制造的雨伞，我一看，真是一把好伞啊！再看看标价，又在心里快速地与人民币换算了一下——老天！两千多元呢！太贵啦！我尴尬地问店员：'请问有便宜些的吗？'店员又递给我一把台湾制造的伞，看看标价，相当于人民币五百多元，还是贵呀！我的脸发烧了，硬着头皮又问了店员一遍：'还有更便宜些的吗？'店员收敛了脸上的笑容，懒洋洋地抬手一指门边。我快步走过去，看到一个塑料箱子里放着许多雨伞，我找了半天，也没有找到价签，便回头怯怯地问店员：'这伞多少钱一把？'店员咕哝道：'中国伞，白送，不要钱。'听他这样一说，我心里这个难受啊！我的老泪，怎么忍都没能忍住——孩子们啊，我哭了。我咋能不哭呀？三把伞问下来，人家就把我当成叫花子给打发了。我拿不动那'白送'的中国伞啊，我是冒着雨从商店里跑出来的，我的西服湿透了，我的心伤透了——孩子们啊，要想让咱的'中国制造'叫人家瞧得起，就得从你们的手工课开始抓起啊。你们要永远记住，学会使用剪刀，比认出哪个少数民族的头饰更重要；干活精细，把粗制滥造当成一辈子的仇敌，这就是实实在在的爱国主义啊！"

　　老专家眼含热泪讲完了上面的话。在孩子们的掌声里，老师羞愧得无地自容，她向老专家深深鞠了一个躬，说："谢谢您给我上了这生动的一课！我终于明白该怎样教手工课了！"

心轻者上天堂

"不爱那么多，只爱一点点，别人的爱情像海深，我的爱情浅。不爱那么多，只爱一点点，别人眉来又眼去，我只偷看你一眼。"

这是李敖作品中较为另类的一首小诗，他又为它谱了曲，加上巫启贤低回抒情的演唱，颇是好听。应该说，看到这首小诗的时候，就已经很喜欢它了；待看到它穿上美丽的音乐羽衣，便更是对它赏爱有加。但是，有一回，一个有着婚姻劣迹的男子在KTV中哼哼叽叽地演唱了它，我顿时大倒胃口——天哪，他太谦虚了，他制造了一个个滥情的泥淖，居然会声称"我的爱情浅"！他的眼射出利箭，把那几个不幸的女子全都伤得体无完肤了，居然轻描淡写地把这命名为"我只偷看你一眼"！

——他辜负惨了这首歌。

能真正做到"爱情浅"是一桩难度系数很高的事。你一不留神儿，爱情就向深处滑去。那是因为，人心，太容易对甜美的东西上瘾了。

想想看吧，诱惑着我们的，又何止是爱情？权之欲，钱之欲，物之欲……这些"欲"团团包围了我们，我们忘记了最初羞涩地表达过的那个愿望。庸常的日子噬啮着我们庸常的心。我们既以物喜，又以己悲。一个数字的雪球，越滚越大，身心俱疲的我们，也想对着这个雪球喊一声"停"，但却偏偏说不出口，非但说不出口，还要推波助澜地给那雪球不断"增肥"。

在没有得到某种东西的时候，心里很平静；而一旦得到了，反而不满足起来。这种"越得越不足"的现象，早在两百多年前就被法国一个叫狄德罗的哲学家注意到了，后来，有人干脆将这种现象叫作"狄德罗效应"。

"狄德罗效应"罩住了太多的人。太多的人过于纵宠自己的欲望了。

一次，在一个叫"空中草原"的地方，视野里全是叫不上名来的紫色花朵。当被导游告知这些花可以随意采摘的时候，我们便欢呼着蜂拥去采花。很快，我们的怀里聚拢了深深浅浅的紫。但是，有一位女士，一朵花都没有采。我问她：你不喜欢这花吗？她说：太喜欢了！所以就下不去手。我听了十分汗颜。我想，"越是喜欢越要下手"跟"越是喜欢越下不去手"真是迥异的两种人生境界啊！

不是所有的爱情都可以拿来培植成婚姻的，你点了一道叫作"爱情"的菜，服务生糊里糊涂给你多上了一份，不要窃喜，更不要举箸，明智的做法是，毅然退掉那多余的一份菜；你采了一怀抱的花，孰料，你爱的起点却成了你所爱之物的生命终点，你忘了用精神的篱笆将偌大的草原统统圈起来，然后幸福地将深深浅浅的紫悉数占有。

"我的爱情浅"，其实是一句智者的告语。清浅的爱情和清浅的物欲一样，可以让我们有效摆脱"狄德罗效应"的困扰。有句颇值得玩味的话说：心轻者上天堂。过多的欲望会给心坠上铅块，让它无法飘飞，让它远离天堂；而懂得给欲望"瘦身"的人，才可以遣自己的心去与云朵厮守，与霓霞相伴，在被忧烦遗忘了的天堂里自在徜徉……

不顾一切地老去

天光有些暗。我侧脸照了一下镜子，竟被镜中的影像吓了一跳。那个瞬间的我，像极了自己的母亲；一愣神儿的工夫，我越发惊惧了，因为，镜中的影像，居然又有几分像我的外祖母了。我赶忙揿亮了灯，让镜中那个人的眉眼从混沌中浮出来。

——这么快，我就撵上了她们。

母亲有一件灰绿色的法兰绒袄子。盆领，泡袖，掐腰，用今天的话说，是"很萌"的款式。大约是我读初二那年，母亲朝我抖开那件袄子说："试试看。"我眼睛一亮——好俏气的衣裳！穿在身上，刚刚好。我问母亲："哪来的？"母亲说："我在文化馆上班的时候穿的呀。"我大笑，问母亲："你真的这么瘦过？"

后来，那件衣服传到了妹妹手上。她拎着那件衣服，不依不饶地追着我问："姐姐，你穿过这件衣服？你真的那么瘦过吗？"

现在，那件衣服早没了尸首。要是它还在，该轮到妹妹的孩子追着妹妹问这句话了吧。

人说，人生禁不住"三晃"：一晃，大了；一晃，老了；一晃，没了。

我在晃。

我们在晃。

倒退十年，我怎能读得进去龙应台的《目送》？那种苍凉，若是来得太早，注定溅不起任何回音；好在，苍凉选了个恰当的时机到来。我在大陆买了《目送》，又在台北诚品书店买了另一个版本的《目送》。太喜欢听龙应台这样描述老的感觉——走在街上，突然发现，满街的警察各个都是娃娃脸；逛服装店，突然发现，满架的衣服件件都是适合小女生穿的样式——我在书外叹息着，觉得她说的，恰是我心底又凉又痛的语言。

记得一个爱美的女子曾说过这样一段话：揽镜自照，小心翼翼地问候一道初起的皱纹："你是路过这里的吧？"皱纹不搭腔，亦不离开。几天后，再讨好般地问一遍："你是来旅游的吗？"皱纹不搭腔，亦不离开。照镜的人恼了，遂对着皱纹大叫："你以为我有那么天真吗！我早知道你既不是路过，也不是旅游，你是来定居的呀！"

有个写诗的女友，是个高中生的妈妈了，夫妻间唯剩了亲情。一天早晨她打来电话，跟我说："喂，小声告诉你——我梦见自己在大街上捡了个情人！"还是她，一连看了八遍《廊桥遗梦》。"罗伯特站在雨中，稀疏的白发，被雨水冲得一绺一绺的，悲伤地贴在额前；他痴情地望着车窗里的弗朗西斯卡，用眼睛诉说着他对四天来所发生的一切的刻骨珍惜。但是，一切都不可能再回来了——我哭啊，哭啊。你知道吗？我跟着罗伯特失恋了八次啊！"——爱上爱情的人，最是被时光的锯子锯得痛。

老，不会放掉任何一个人。

生命，不顾一切地老去。

多年前，上晚自习的时候，一个女生跑到讲台桌前问我："老师，什么叫'岁月不饶人'啊？"我说："就是岁月不放过任何一个人。"她越发蒙了："啊？难道是说，岁月要把人们都给抓起来吗？"我笑出了声，惹得全班同学都抬头看。我慌忙捂住嘴，在纸上给她写了五个字："时光催人老。"她似懂非懂地点点头，回到座位上去了。其实，再下去几十年，她定会无师自通知晓这个词组的确切含义的。当她看到满街的娃娃脸，当她邂逅了第一道前来定居的皱纹，当她的爱不再有花开，她会长叹一声，说："岁月果真不饶人啊！"

深秋时节，握着林清玄的手，对他说："我是你的资深拥趸呢！"想举个例子当佐证，却不合时宜地想起了他《在云上》一书中的那段话："一想到我这篇文章的寿命必将长于我的寿命，哀伤的老泪就止不住滚了下来。"这分明是个欢悦的时刻，我却偏偏想起了这不欢悦的句子。——它们，在我的生命里根扎得深啊！

萧瑟，悄然包抄了生命，被围困的人，无可逃遁。

离开腮红就不自信了。知道许多安眠药的名字了。看到老树着新花会驻足半晌了。讲欧阳修的《秋声赋》越来越有感觉了。

不再用刻薄的语言贬损那些装嫩卖萌的人。不经意间窥见那脂粉下纵横交错的纹路，会慈悲地用视线转移法来关照对方的脆弱的虚荣心。

柳永有词道："是处红衰绿减，苒苒物华休。"这样的句子，年少时根本就入眼不入心。于今却是一读一心悸，一读一唏嘘。说起来，我多么为梅丽尔·斯特里普和克林特·伊斯特伍德这两个演员庆幸，如果他们是在自己的青葱岁月中冒失闯进《廊桥遗梦》，轻浅的他们，怎能神奇地将自我与角色打烂后重新捏合成一对完美到让人窒息的厚重形象？

不饶人的岁月，在催人老的同时，也慨然沉淀了太多的大爱与大智，让你学会思、学会悟、学会怜、学会舍。

去探望一位百岁老人。清楚地记得，在校史纪念册上，他就是那个掷铁饼的英俊少年。颓然枯坐、耳聋眼花的他，执意让保姆拿出他的画来给我看。画拿出来了，是一沓皱巴巴的仕女图。每个仕女都画得那么难看，像幼稚园小朋友的涂鸦。但是，这并不妨碍我兴致勃勃地欣赏。

唉，这个眼看要被"三晃"晃得灰飞烟灭的生命啊，可还记得母校操场上那个掷铁饼的小小少年？如果那小小少年从照片中翩然走出，能够认出这须眉皆白的老者就是当年的自己吗？

从子宫到坟墓，生命不过是这中间的一小段路程。

我们回不到昨天；明天的我们，又将比今天凋萎了一些。那么，就让我们带着三分庆幸七分无奈，宴飨此刻的完美吧！

"小港渡者"的忠告

　　清人周容所作《小港渡者》仅有 129 个字，却讲了一个发人深省的故事——

　　顺治七年冬天，周容要从一个叫小港的地方进入镇海县城，吩咐小书童用木板捆扎了一大摞书跟随着。眼看太阳就要落山了，傍晚的烟雾缠绕在树头，镇海县城还有大约两里路远。他便问一个摆渡的人："待我们赶到县城，还赶得上南门开着吗？"那渡者仔细打量了小书童一番，回答说："若是慢慢走，城门还会开着；若是惶急赶路，城门怕就关上了。"周容听了有些气恼，觉得渡者在戏弄人。这一主一仆便快步前行。南门在望了，惶急赶路的小书童却摔了一跤，捆扎书的绳子断了，书散落一地；小书童哭着，一时竟没能站起来。等到他们把书理齐捆好，前方的城门已经下锁了。直到这时，周容才恍然明白了渡者那番话的深意。

　　——隔了三百多年的烟尘，周容殷勤为我们送来一面镜子，他多么期待我们能从镜中窥见那个愚钝的自我啊！

　　从什么时候开始，我们共同迷恋上了一个叫"速度"的情人？我们视"慢"为寇仇。与彼时问路的周容一样，我们对"渡者"的金玉良言嗤之以鼻。读书要"速读"，创业要"速成"，作物要"速熟"，肥料要"速效"，寄物要"速达"，婚恋要"速配"……我们来不及分析，这"速"中包含了几多毒素；更没有工夫去琢磨，那被我们省略掉的环节中埋藏了几多珍宝。

我们的农民盼高产盼疯了。他们说什么也搞不明白，为什么一家日本企业在山东莱阳租地种草莓，草莓再瘦再小也舍不得往田里撒半点化肥；而当那种名叫"美莓"的草莓卖到每公斤130元的时候，我们的农民兄弟才真正傻了眼。"种植之前先做土，做土之前先育人"，这两句来自异邦的种植格言，不知能否点醒那些只管一味往西红柿上涂抹增红剂、往西瓜上涂抹膨大剂的聪明人。

我们的教授盼出名盼疯了。他们在自己的专著里"借鉴"了太多别人的东西，偏又"忘了"注明出处，结果，钓取功名的专著成了白纸黑字的证据，被钉在耻辱柱上的人却不懂得缄口自省，还要昂起头来，竭力为自己一个个溃烂的脓疮做美丽的辩护。当我们听到德国国防部长古滕贝格因涉嫌抄袭而辞职的时候，我们震惊了。一个网友留言道："我说古滕贝格，你脸皮儿咋恁薄哩？恁大个官儿，你赪着不辞职别人又能把你咋样？"——知耻也罢，不知耻也罢，反正"耻"就在那里，不增不减。

还有谁，正跟三百多年前那一主一仆一起，用自身行动兢兢业业地为"欲速则不达"这个成语做着精妙诠释？

躁急的心，嗅不到从容娴雅的花香；冒进的人，步步都可能踩响自布的地雷。"徐行尚开，速进则阖"——你可悟透了"小港渡者"话中的深意？

喜　舍

　　去石家庄公干,事情办得出奇的顺,凭空多出来一个晚上的时间,跟自己说:买本书看吧。

　　便到楼下的小书店去选书。看到一本星云大师的《喜舍》,眼睛陡然亮了。翻书看时,发现内页有两处打眼的破损。便对卖书的女孩说:"帮我找本新的吧。"女孩抱歉地说:"就剩这一本了。要不是有这两处破损,也早就卖出去了。不过,您仔细看看,虽说有破损,其实是不影响阅读的,两个洞洞都在空白处。"我笑问:"可以打个折吗?"女孩说:"对不起,我是为别人打工的,对任何一本书都没有打折的权力。"我按照标价,递给了她20元钱。

　　整个晚上,我都在虔心聆听大师的教诲。精警动心的语段,在本子上做了摘录;禅意氤氲的插图,用手机拍了照片;博大深邃的思想,入心生根,永生难忘。

　　书不厚,到23点,我已经全部看完了。"过河要拜桥",遵从着星云大师的教导,掩卷之后,郑重将书捧于面前,恭敬地道了声谢。

　　第二天一早,吃过了早餐,我拿着那本书去找那个女孩。初升的太阳照在女孩青春姣好的脸上，看得人心生欢喜。正埋头拾掇书案的女孩一抬眼，看见了我，也看见了我手里拿着的那本书，她惶急地说："我们卖出的书一律不退不换的。"我笑说："我知道。我看完了这本书……"不等我把话讲完，她就抢着说："看完了也不能退呀！谁买了书都会看完的，要是人人都看完了就退，我们的生意还怎么做呢？"我说："看把你急的，你倒是听我把话说完呀。我是说，我看完了这本书，觉得非常棒；而你的书店里就剩下这一本书了，再有人想买，就买不到了。所以，我就把这本书送了回来。我首先推荐给你看，你看完了要是觉得好，还可以推荐给别人看——当然，如果你愿意，你还可以再把它卖给喜欢它的人。"女孩的眼睛越瞪越大。最后她说："你心真好！不过，我可是一分钱都不能退给你呀！"我说："我不要钱。至于我想要什么，你看完这本书就知道了。"

　　告别了女孩，一个人拖着拉杆箱走在骀荡的春风里，沿路是开得正盛的樱花。我忍不住地想：那个女孩，究竟会不会去那本书中寻找答案呢？当她读完了那本卖出去后又跑回来的书，她还会是原先的那个自己吗？她会不会像我一样，有生命摆脱匍匐后御风而飞的感觉？或者，她根本就不会去读那本书，单会痴痴地想：这究竟是一本怎样的书呢？作者到底在书中施了怎样的魔法，竟可以让一本定价 20 元的书卖出 40 元的好价钱——不管怎样，那女孩定是欢喜的吧？当她下班回到家，跟父母谈及此事，她的父母像听传奇一般听着女儿讲述发生在自己身上的美妙故事，他们的心，定然也是欢喜的吧？而这些欢喜的根芽，缘于我一早临窗梳妆时一个小小的念头。我用"送书"这个举动为这本《喜舍》写了一篇不一样的"读后感"。我御风而飞的欢悦，无人能及。

亲爱的女孩，你找到星云大师给出的答案了吗？星云大师说："唯有'给'，才有好因好缘。舍，看起来是给人，实际上是给自己。"

让生命在每一刻都说出得体的话

很好的秋日阳光，空气中弥散着迟开花朵的芬芳。我站在一个儿童摄影棚前等人。突然，一个小女孩把童车骑到了我跟前，险些撞到我。我赶忙躲她，不想她竟追过来。我只好无奈地冲她笑了。她也冲我笑——一个仙子般的小姑娘。"阿姨，"她指着儿童摄影棚外墙上足有两米高的巨幅照片对我说："这是我。"我这才注意到，原来，这骑童车的小女孩竟是那巨幅广告上的小模特！我看看照片，再看看身边的小女孩，不住地夸说"漂亮"。小女孩得意得不得了，头摇尾巴晃的，像条欢快的小狗。

我不由得想起了发生在南怀瑾大师身上的一件事。有一回，南怀瑾乘火车从台北去台南，身边坐了一个年轻人，捧着一本书入神地看。南怀瑾瞟了一眼他手里的书，随口问了句："有那么好看吗？"年轻人做出了肯定的回答，并说自己一直十分喜欢读这位作家的作品。南怀瑾说："哦。那我回头也买一本来看看。"——那本书的作者正是南怀瑾。

我喜欢小女孩不依不饶追着我这个陌生的"阿姨"，邀宠般地告诉我说那墙上的照片就是她，她说破，是因为她透明；我也喜欢南怀瑾不曾道出自己就是那本"好看"的书的作者，他缄口，是因为他蕴藉。

我不能接受小女孩抛却一派天真，扮演大师的深沉；也不能接受大师抛却沉静内敛，扮演小女孩的单纯。

我愿意拟想，大师也曾拥有无饰无邪的童年．愿意将自己的美事、乐事、幸事张扬天下，不惧人讥，不怕人妒。就像花不会藏掖自己的芬芳，透明的心也不会藏掖自己的景致。那么没道理，那么没章法，反正就是让童车冲到你脚下，纠缠着你，迫着你唱赞美诗。这让你很便捷地就怀了一回旧，你生了锈的感觉在一颗开花的童心面前一下子生动起来，摇曳起来。

我更愿意拟想，女孩将一步一步修行，直到学会对着岁月深处那个急煎煎向路人跋扈地炫耀自我的女童发出不屑的哂笑。南怀瑾大师特别看重生命的"庄严感"，庄严的生命必是摒弃浮华、拂去尘屑的。一个拥有了美好的"精神目标"的人，断不会热衷于在生活的大海中钓取廉价的恭维与褒扬；只有虚妄的心，才会那么黏，总是试图粘住更多激赏的目光。

行走世间，我多么希望自己有一双善于撷取的手。撷取了天真，就在这一刻欢悦吧；撷取了内敛，就在这一刻凝思吧。而在这两个故事的连接处，我愿意试着绣上自己细密的心思——告诉自己，或许，这一边，正是我渐去渐远的昨日，那一边，恰是我愈行愈近的明朝。览万物以为镜，窥见自我一息一变的心颜。不是所有的"可爱"都适宜窖藏，此时的口无遮拦，彼时可能就变成了庸俗轻浅。风度，往往与一个人自知度呈"正相关"。对一个个体生命而言，没有恒久不变的"一派天真"，也没有与生俱来的"沉静内敛"。自觉修行的生命，会在每一刻都说出得体的语言，不造作，不夸饰，不张扬，在熨帖中开出最美的花朵。

第四辑

心灵片羽

　　有人说：当你开始怀旧的时候，就代表你已经老了。可事实也许并不是这样，当你回首往事的时候，既可以从回忆里找到当时的童真、美好，也能在回忆里看到自己的不足与欠缺。有时候我们总是想和别人比较，比谁学习更好，比谁更加漂亮，或者比谁的家庭条件更加优渥……但当你和回忆里的自己相比较的时候，你会发现你收获的不仅是年龄，还有成长和进步。

昨天那个我来找今天这个我

我梦见昨天那个我来找今天这个我。

她，似乎认不出我了。阳光强烈，空气中弥漫着枣花香。她那么瘦弱，头发有些蓬乱，衣服脏兮兮的。她眯起眼睛看我，仿佛在说：啊？你就是我寻了很久很久的那个人吗？我有些慌乱，就像第一次与异性约会；我竭力笑得温柔，企图博取她的好感；我本能地想要藏起些什么，为的是不在那双单纯的眼眸中读到失望——她看着我，就像女儿看着母亲，也像妹妹看着姐姐。突然，我冒出了一个荒唐的念头——带她去吃一碗牛肉面。嗯，我家附近新开了一家牛肉面馆，我一直想去，却寻不到个伴儿，独自去吃，兴味索然，这下可好，她可以陪我去吃了。可就在要迈进面馆的一瞬间，我醒了。好恨自己，怎么偏偏在这时候醒了！不让自己睁眼，巴望着再睡去、再续梦，然而，不能够了。我坐起来，揿亮了灯，瞥一眼挂钟，是凌晨三点一刻。

我睡意全无，坐在这个梦的尽头，怆然，恻然。

我给自己出了一道思考题：如果昨天那个我来找今天这个我，她该怎样看我呢？

　　口无遮拦的她会不会说：你身上少了一些东西，又多了一些东西。假如她真这么说，我得买账。是的，我少了一些清秀，多了一些赘肉。但这样的回答，她肯定不会满意。我继续检点自身少了和多了的东西。我发现，我少了对自己的深度好感，多了与自己的无谓作战。

　　昨天的那个我，是个懂得悦纳自己的我——赤日炎炎，那个14岁的女孩独自在深泽到晋州的公路上骑行，一路走，一路留心看公路两旁白杨树上的"眼睛"，居然发现其中一只高高在上的"眼睛"与自己的眼睛有极高的相似度！刹住车，两条长长的腿叉在那辆破旧的"二六"自行车两边，仰脖对着那只"眼睛"傻笑。后来每每走到这里，都要饶有兴味地重复这档节目，心里揣着隐秘的、不可诉人的小欢喜，唱着歌，流着汗，骑完长得不可思议的路。

　　从什么时候开始，我学会了对自己横眉立目？不能跟自己做朋友了，这感觉真是糟透了。拧巴，撕扯，血刃相见，这发生于一个人身上的战争多么酷烈！一个个灰颓的念头轮番袭扰我，让我不得安生。也会与之开战，也会跟它们说：哼，休想扳倒我！但是，在这硝烟弥漫的日子里，我被搞得精疲力竭。有一段时间，总觉得坏情绪来自枕头，便患了强迫症般地频繁更换枕头。不能去商店的床品柜台前，去了，定会抱个新枕头回家。海绵枕、木棉枕、羽绒枕、茶香枕、蚕沙枕、荞麦皮枕、决明子枕、牡丹花籽枕——家里五花八门的枕头快要摞上天了。我花费了很长的时间才搞明白，我弄来这么多枕头，原不是在取悦自己的皮囊，而是在取悦自己的灵魂。然而，我的灵魂多么难伺候！它不认为那些枕头带给它的是舒适与宁谧。它的拿手好戏，就是与我的皮囊背道而驰。自己是自己的敌人，自己是自己的仇人，自己是自己的债务人。撕裂的痛，伴随我分分秒秒……

我想，昨天的那个我，她不可能是无端闯进我梦中的，她是肩扛使命而来的吧？她是来拯救这个如此善于虐心的可怜虫的吧？她犹如一个空虚的影子，被遗弃在岁月深处。她完全可以随风去了，但却偏偏不肯。她踉跄地闯入我的梦中，眷注，垂怜，憾恨。我知道她不愿看到我今天的生存状态。她宁愿看到一个孱弱的肉体供养着一个殷盈的灵魂，也不愿看到一个丰腴的肉体供养着一个瘦悴的灵魂。

尘世间，每一个不和谐的生命体，都是造物主的一处败笔。

谢谢你！你不会白来。以你来的这一天为界，我要活出一个全新的自己，我要活出一个让自己待见的自己。复习小时候唱过的那些好听的歌，适度纵宠自己不逾矩的小愿望，劝说自己的皮囊与自己的灵魂学着彼此妥协，悦纳他人、悦纳自我、悦纳世界……

嗯，就当那个梦越过了黑白之界，就当你不离不弃地陪伴在我身边。你看，你看，蓝天上有白云在不紧不慢地走，空气中飘着不浓不淡的枣花香。宝贝，请允许我牵着你的手，让我们一起走进那家面馆，温存地陪着对方，吃一碗牛肉面。

另一面

朋友发来一张图片，煞是有趣，遂收藏了，闲时独自玩索。

画面很简洁，一个画框，一个老者。暗自猜想当时的情境：或许是，一个热闹的画展，却撇给这个角落一片难得的清幽。皓首老者，扶杖而行，行至这幅画前，再也难挪脚步。画中女子，只给我们一个魅惑背影——棕褐色长发，在脑后松松地绾了个髻儿；上身赤裸，肌肤润泽；裙裾漫飞，飘飘欲仙。老者看得呆了。她是谁？生得何等模样？在青苔点点的岁月深处，我可曾与她谋过面？这样想着，他竟忘情地举着拐杖去掀那画框。这一掀，他傻了，他没有如愿地窥见女子的玉容花貌，他只看到了画框粗劣丑陋的背面。

我仿佛听到了来自四面八方的笑声。所有的人，都在恣意嘲笑这个老者——老不羞啊！你究竟想要看到什么？

其实，在某个时刻，你我都可能变身为那个老者。

魅惑的背影触目皆是。有人殷勤地将这些背影送到我们的视野之内。我们手里捏着一张门票，浏览，本是我们唯一的使命；但是，看着看着，我们就沉迷了，执拗地生出看看那背影另一面的心。就这样，好奇，使我们一次次成为别人眼中的痴汉笨伯。

　　说到底，世界，不也是这样一个画框吗？它吝啬地赐予我们一些美好，让我们神魂颠倒地追索着、挚爱着、感念着。我们几乎全都无师自通地获得了这样一种能耐：从攥在手中的美好，揣想进而垂涎那打从手边滑落的美好。于是，我们不可遏抑地急着拥吻那不属于自己的美好，最终，我们毫无悬念地收割了一茬失望。

　　相信吧，能够布施我们一生爱与暖的，不是画框的另一面，而是一个叫"想象"的神祇！

天生嘴硬

小时候淘气，不小心摔坏了胳膊，冷汗珠子从额角淌进嘴角，硬是高喊"不疼不疼就是不疼"；读小学时上课违纪，老师让写份检讨，硬是弄了份义正词严的"辩词"交给了他；长大后悄悄爱上一个人，终日里迎风落泪对月伤怀，然而，当那人殷勤地赶来表示要与我携手时，却硬是对早已芳心暗许的人儿说："谁稀罕跟你一道走！"

"别嘴硬！"

说这话的是母亲。母亲看得透我藏得最深的心思，她会到我拼命坚持的相反的方向去迎候我，而且回回不会落空。

"别嘴硬！"

说这话的是爱人。爱人知道我的拿手好戏就是抵死拒绝那最想得到的东西，于是，他制成了独一无二的爱情武器，击败我，然后俘获我。

——不明白我嘴硬的人误以为我很坚强，明白我嘴硬的人触到了我最柔弱的心肠。

100 万次凋零后的唯美绽放

那只猫，是童话里的猫。

它是一只雄性的虎斑猫，活过 100 万次，也死过 100 万次了。它所拥有的 100 万次生命，都是与"主人"紧紧维系在一起的。它先后做过国王的猫、水手的猫、魔术师的猫、小偷的猫、孤老太太的猫和小女孩的猫——那些主人，都多么宠它呀！它每次死去，爱它的主人都会痛哭不已。但是，这只虎斑猫每次都活得那么漫不经心，也死得那么漫不经心。它不快活，谁笑它都不笑，谁哭它都不哭。终于有一天，它挣脱了所有人桎梏般的怀抱，变成了一只地地道道的野猫，它"第一次成了自己的主人"，这时的它变得多么洒脱、多么得意！后来，它遇到了一只美丽的白猫，当它朝白猫炫耀自己的传奇经历时，白猫丝毫也不为之所动。它以自己的 100 万次生死藐视白猫："你连一次都还没活完，对吗？"白猫听了，一点都没有自惭形秽。原本倨傲的虎斑猫突然变得驯良起来，柔声问白猫："我可以待在你身边吗？"白猫答应了。于是，它们相爱了。后来，它们有了自己的后代，这些后代也成了一只只可爱的小野猫。再后来的一天，衰老的白猫突然躺在虎斑猫身边一动不动了——它死了。

虎斑猫第一次哭了，哭了 100 万次，一直哭到与白猫依偎在一起，一动不动了——这一回，虎斑猫真的死了。

那道泉，是童话里的泉。

它的名字叫"不老泉"。17 岁的杰西与父母、兄长，因为误饮了巨树根部小石堆下的一股泉水而被永远"定格"在了那个"瞬间年龄"上。这被岁月遗忘了的一家人，在朋友眼中不异魔鬼附身——"芳华永驻"成了这个家族痛苦的根源。他们懊丧地离群索居，过着颠沛流离的生活。"长生不老"令杰西的父亲塔克懊丧至极，他愤怒地向自己开枪，子弹穿过他的心脏，但"就跟穿过水一样"，伤口很快愈合，他还是原来的他。一天，11 岁的女孩温妮与杰西偶遇，两人之间产生了真挚的友情。在生与死这件事上，塔克跟温妮打了一个比方——轮子。他说："死亡是这轮子上的一部分，而新生就在它的旁边。一个人不能只挑选他喜欢的那一部分，而丢掉其他部分。享受生命的轮回，这本身就是上帝的赐福——你不能把我们目前这种情况称作'活着'，我们只是'存在'，如同路旁的石块一样，是一种乏味的存在。"——温妮没有选择永生。许多年后，依然 17 岁的杰西来寻找温妮，活了 78 岁的温妮已经离开人世，她的墓碑上写着："亲爱的妻子、亲爱的妈妈、亲爱的奶奶，我们永远怀念您。"——温妮的生命因为有了死亡而完整、圆满。

这两则童话，是关乎生命意义的精妙寓言。

对那只虎斑猫而言，100 万次的生命又何尝不是 100 万次"乏味的存在"？当它失去自由，当它沦为别人的附庸，即便被国王爱怜地装在一个"特制的篮子"里，过着锦衣玉食的生活，它又怎么可能快乐呢？——只有自由，能够救活它的笑颜。当爱情降临，它立刻收敛起一颗桀骜的心，乖乖做了白猫甜蜜的伴侣。白猫的离世，使它真正体会到了痛苦的滋味，它居然哭了"100万次"，将每一次生命的泪水悉数交给了白猫——只有爱情，能够激活它的泪泉。真爱过，方能真死，方敢真死。100万次的生死，无异于100万次的等待，生命的焰火，惟有在爱与自由中才能大放异彩。

太多的人，将"去日苦多"视为人生大憾。当看到实际年龄已经104岁的杰西依然是17岁的少年模样时，我也曾拈着书页慨叹——如果我也能被光阴永远遗忘在17岁的辙痕里，那该多妙！但是，塔克的话使我顿悟——"享受生命的轮回，这本身就是上帝的赐福"。全心地参与、惊喜地接纳、悲苦地承受、忘情地宴飨，这因不可复制而弥足珍贵的过程，不就是生活对生命的一次次加冕吗？当上帝惩罚杰西一家重复那只虎斑猫的100万次"乏味的存在"时，幸运的温妮却与她生命中的"白猫"做了一世幸福的"柴米夫妻"。为人妻、为人母、为人祖母的她笑过、哭过、活过。与"向生而死"的杰西一家迥异的是，温妮"向死而生"。

台湾作家黄桐写过一本书，书名就叫《幸福就是老天给什么，都是享受》。当虎斑猫遇到了白猫，当温妮毅然选择了凡俗的生活，当爱使一个个黯淡冰冷的日子发光、发烫，那就让该来的都来吧。生命本是一张单程车票，100万次淡漠麻木的往返，抵不上一小段激情燃烧的旅程。

　　——真正的爱，无需重复，一次足够；真正的生命，无需盘桓，凋零亦香。

上等媚术

近读清人沈起凤的《狐媚》，感慨良多。

那是一个类似"聊斋"的志怪故事——宁生是一个生性狷介的书生，独自在废园读书。废园多狐，宁生心知，但不惧。朋友劝他离开废园，他说："狐所挟以媚人者二：贪淫者，媚以色；贪财者，媚以金。我两无所好，惟好架上书。媚术虽工，遇我亦不售矣。"——好生佩服这个宁生！你骚狐所善攻的，无非是人的贪欲，我不贪，你高强的媚术自然就派不上用场了。入夜，果有一狐至。宁生一眼识破，喝令它"曳尾遁耳"。但它不走，先是拿言语奚落宁生，继而开始引经据典卖弄自己的文史知识，为"狐狸"正名——宁生听得"石化"了，居然敬慕不已地说："今闻高论，愿为书友。"于是两人共坐读书。后来，狐巧借"男女构精，万物化生"之词挑逗宁生，宁生方寸大乱——自此，二人关系由"共坐"升级为"共寝"。再后来，宁生"神疲气殆""沉绵床褥"，他的朋友感叹道：你中了上等媚人之术了！以色媚人，色衰则爱弛；以金媚人，金尽则交绝。只有那种看起来有君子之风，却大行小人之道，择其所好以投之的媚人之术，才是防不胜防的啊！须知，媚之术越是变化多端，其杀伤力也就越强。宁生听罢，"懑然悔悟"，怎奈为时已晚，半载之后，命归黄泉。

那狐狸，绝对堪称"狐狸中的战斗机"。面对一不贪色、二不贪财的宁生，它果断选择了"雅媚"——你不是"惟好架上书"吗？那好，咱们就谈文说史，从大禹到文王，从《山海经》到《周易》，我皆可娓娓道来，且眼界开阔、见地超拔。待你的防线被一点点攻破之后，我可就开始讨债索命了。

擅长"雅媚"的狐狸是不会绝种的。今天，它又在哪里施展"上等媚术"？又撂倒了几多"不贪财色"的宁生呢？

在这个"后门心态"盛行的时代，手里握有权柄的人，不同程度被人仰视、被人央求；抛开恶劣的"权力寻租"者不说，单说那些"爱惜羽毛"之流，你看重清名，不等于有捍卫清名的能力。你称你不重财色，惟有某项"雅嗜"——糟了，这看起来颇提升你品位的清雅嗜好，就极可能为别有用心者提供可乘之机。你不是喜欢字画吗？那好，我负责奉送大唐真品；你不是喜欢摄影吗？那好，我负责奉送专机航拍；你不是喜欢题词吗？那好，我负责奉送巨额润笔；你不是喜欢"发明"吗？那好，我负责奉送"专利署名"——瞧，擅长"雅媚"的狐狸传承起家业来何其与时俱进、何其令人叹服！

当代"宁生"们的明智之举是"藏好自己的嗜好"。藏好了自己的嗜好，就阻断了狐狸通往自心的道路；没有了"共坐""共寝"，自然也就远离了命危、命断。

执虚如盈

　　每当听到学生们背诵《弟子规》中"执虚器，如执盈"的时候，我都会不由自主地放慢脚步。

　　好喜欢这两个短句！一遍遍在心里默念它，被提醒的顿悟与被寄望的欣悦暖暖地包围了我。

　　从字面上来看，它很好理解——就算你手里拿着的器物里空无一物，你也要当它盛满了东西一样，小心翼翼地捧着，不要生出半点轻慢不恭。

　　我试图让自己潜入这两个短句的深层，轻轻叩问一下作者：先生究竟出于怎样的考虑，号召人们视"虚"为"盈"呢？难道说仅仅是为了爱惜器物、不使堕地吗？

　　——当然不是。

　　先生应该是十分看重那颗"恭肃的心"的。即使是捧着一只粗瓷的空碗，也当那里面盛满了佳肴美馔，不因"空"而生狎昵，恭肃的心，惴惴地悬了，让"盈"在这一刻成为"虚"的别解。

　　我得承认，我是慢慢喜欢上那种"执虚如盈"的庄肃感的。在这个美好的提示面前，我郑重地将自己所打发走的日子归了类，分为"执盈如虚""执虚如虚""执虚如盈"三个阶段。

在"执盈如虚"的岁月里，何曾知道自己正"执盈如虚"？生活将那么多盛满了琼浆的精美器物送到我手中，我却没想到它们都是需要我怀着一颗恭敬的心去珍爱的。这颗心，与其说是粗疏的，不如说是贪婪的，它惯于挑剔，惯于骄横，惯于在一朵花前遥想另一朵花。

后来，生活或是恼了？竟粗暴地略去了"洽谈"的程序，劈手从我怀里掠走了一些，又掠走了一些。我不能呼告，不能悲鸣，只能默默注视着自己越来越空虚的怀抱，惊恐莫名。于是，赞歌暗哑，腹诽茁长。一双"执虚如虚"的手，注定逃不掉被荒漠吞噬的命运。

感谢那个飘着海腥味的夏天，它使我幸福地读懂了"盈虚"的内涵。在那条仿佛被世界遗弃了的夜航船上，我站在甲板上看下弦月，一位写诗的大姐静静地站在我身旁，我叹口气说："月缺的日子，总是多于月圆的日子——多像生活！"大姐却说："换个角度想想，每一天的月亮其实都是圆的——你用光明的想象补充上那暗影部分就成了。"我把这种说法进驻我的心的那一天看成节日，因为就是打从那一天开始，我渐渐修炼了一项将一弯金钩看成一轮玉盘的本领。

那一年，在大昭寺，顺着导游的手指看去，我们看到了那么多塞在"牙柱"缝隙里的牙齿。导游告诉我们说，这些牙齿都是朝圣者的，他们不幸死在了朝圣途中，同行者便敲掉他们的牙齿，带到了这令他们神往一生的圣地。浩叹四起。我知道这些浩叹背后不乏鄙夷的同情，但是，我却忍不住朝那些牙齿深深鞠躬。想那毅然踏上朝圣之路的人，大概都曾料想过这样一个抛尸途中的结局，可这却没有成为他们逃遁的理由。甘心的生命，甘心的灵魂，将空虚的朝圣之旅装扮得一路花开。

恭肃的心，充盈了器物；颖慧的心，充盈了月亮；虔敬的心，充盈了天地。说到底，真正空虚空洞的，既不是器物也不是生活，而是我们昏花的眼与蒙昧的心。

——"执虚器，如执盈"，是一种态度，更是一种境界啊。

足球、石碾与花朵

世界杯期间，清云独自驾车，从北京来到唐山。得到消息，稍稍吃了一惊，电话里问他："来干吗？有事吗？"回答说："来找子森，一起看世界杯。"我沉吟了片刻，然后蠢蠢地问了一个被他大笑着转述给若干人的问题："难道你家没有电视机吗？"

清云、子森是我的大学同学。大学期间，这两个大男人彼此热爱，又共同热爱着世界杯。他们能够容忍中国队不出线，却不能容忍天各一方看球赛。我想，大概跟我逛街有个"首席陪逛"一样，他们看足球，也需要一个"首席陪看"吧。

不由想到我的一个"石碾迷"朋友。就在前天，他打来电话，激动不已地对我说："我最近又得到了一台碾子，漂亮极啦！快让你们的美术老师来看看吧！"这个朋友住在市郊，小院里摆满了他走村串乡"淘换"来的石碾。我们的那位美术老师的拿手好戏就是用画笔赞美他的石碾。两个人曾经用一台石碾充当茶几，端坐于小院的苦楝树下品茗，从日中直品到日落。

就像通过清云、子森我对足球发生了兴趣一样，通过"石碾迷"和那位美术老师，我对石碾产生了兴趣。

——借一双眼睛看世界，能看出不一样的精妙与精彩。

看过一幅有趣的漫画：一只肩负使命的蜗牛，伸着长长的触角，从一棵树上往下爬，它爬过了晨昏，爬过了风雨，爬过了无数寂寞难耐的时光，终于爬到了树下的目的地，在那里，正有另一只蜗牛耐心地等候。肩负使命的蜗牛深情地对那只等候的蜗牛说："亲爱的，这棵树的第三个枝杈上开了一朵最美的花，我要带你去看。"——它来不及想，它说这话的时候，那最美的花是否已经零落成泥。

——重要的时刻，美丽的景致，都愿意与至爱者分享。这称得上是深情者一个美好的通病吧？

我懂你，你懂我，我们共同懂它，我们拥有一起欣赏它、品评它的经历——我是这样理解"知音"的。仅有我懂你或你懂我，是令人叹惋的；我懂你同时你也懂我，是令人欣喜的；我们在互懂的同时又有着同样的嗜好与品位，是令人羡妒的；我们彼此的心里，珍藏着并肩看云听雨的美妙时光，叠合着共同啜饮生命佳酿的难忘时刻，在同一个精神牧场，我们放牧自己的心情，听任一滴忧喜在两个心湖上荡起一圈圈同心的涟漪——这样的诗意人生，无疑是可以安慰世界的。

我不认为那带来了迟到的花开消息的蜗牛是可悲的。看到了美好的景致，压根想不到与人分享，或者环顾四周竟找不到一个可分享的人，那才是真正的可悲。那只等在树下的蜗牛，被一份痴爱泡醉，它无疑已然看到了那开在第三个枝杈上的最美的花朵。

我们孤独地来到这个世界上，又将孤独地离去。有人说，人生不过是四亿次眨眼。我想说，趁着这"四亿次"正被我们幸运地拥有着，让相知的人靠近些再靠近些，让爱消弭所有的距离，让足球、石碾与花朵成为我们割舍不下这不完满的世界的珍贵理由。

吸进来，呼出去

　　"吸进来，呼出去"，这六个字，是我在一座寺院迎门的颓壁上读到的，无意间一抬眼，不知为何，这个藏在满墙文字汪洋中的句子竟自己浮凸出来，要我认出它。仿佛被久候的人轻轻拍了一下肩膀，心一动——哦，你终是来了。薄薄的欢喜，登时掠过忧伤的心堤，是一种松绑的感觉。然而，我却不曾滞留，目光挪开的当儿，脚步已然随着众人走远。

　　春光正好。游寺院的时候，心里一直默诵着那六个字——"吸进来，呼出去"。默诵"吸进来"的时候，当真就在吸进来；默诵"呼出去"的时候，当真就在呼出去。发现自己默诵得越来越舒缓时，知道自己是在做着深呼吸了。

　　香烟缭绕。耳畔是木鱼与诵经的寂寂长音。

　　那么多人"呼"地拥到了一个花池前，指着花池里几株扭曲丑陋的植物争论着这究竟是什么花。那植物刚刚冒芽，一簇簇褐色的叶尖在枝头紧紧抱住自己，还没有舒展开来的意思。——是呢，这到底是什么花呢？这时候，一位老者走过来，指着一簇褐色叶子的中央说："看这里！"我凑过去，仔细端详他指着的地方。原来，那叶子中央隐藏着一个极小的花苞！"是牡丹啊！"老者说，"这一株，是白色的；这一株呢，是红色的；这一株最名贵，是紫色的，名叫'紫二乔'。"

大家听罢几乎齐声叹起气来——叹自己早来了一步，没看到牡丹花开。我被这沮丧的叹息洪流裹挟着，差不多也要跟着叹息了。但是，我很快让自己止住，俯身对着那尚处于"婴儿"阶段的花与叶，做深呼吸。

若不是那老者相告，我怎么也想象不出那一截截柴火般干枯粗糙的枝干正酝酿着一场无限华美的盛开。眼下，她还没有准备停当，但她绝不是存心让我错过她的花期。我本不是为着她而来，我没有理由要求她为我提前开放。我愿意为不久后的那个日子付出一些美丽的猜想，并且愿意听凭这美丽的猜想熏香我的每一缕情思。

已经很好了——在这几株牡丹花前，吸进来邂逅的欣悦，呼出去错过的懊恼。

许多时候，我是在颠倒的状况下呼吸的——吸进来不当吸的，呼出去不当呼的。谬误的呼吸，弄乱了自己的心。曾经嘲笑过在烂泥塘中扑腾的鸭子，只隔了一道水坝，那边就是倒映了蓝天绿柳的清水池塘，傻傻的鸭子，却不懂得"弃暗投明"的道理，只管执着一念地在烂泥塘里把自己越洗越脏。"那边多好啊！"我跟鸭子们说，一心巴望着它们能听懂并领受我的美意，毅然转身，头也不回地奔赴清水池塘。但是，它们辜负了我。而我，又是谁眼中傻傻的鸭子呢？当我执着一念地在烂泥塘里把自己越洗越脏的时候，我正辜负着谁？我吸不进清爽，呼不出污浊，胸中淤塞了那么多的不快，我的倒映了蓝天绿柳的清水池塘究竟在哪里？

也有过堪慰心怀的呼吸。却难做到心地清明，了无挂碍。呼吸的通道太逼仄了，不晓得三万六千个毛孔原是都可以成为吐纳之器的——纳天地精华，吐凡俗浊气，纳就纳得充分，吐就吐得彻底，让每一寸肌肤都在这一纳一吐间得到荡涤，每一个念头都在这一纳一吐间得到洗礼。

吸进来，是一次重生；呼出去，是一次涅槃。

伫立于春光中，我痴痴地想：在牡丹盛开的时日与她相遇是可堪艳羡的，误认了牡丹且忽略了牡丹花苞是可堪叹惋的，错过了牡丹的盛开却幸运地认出了她且能够在一个真实的花苞上揣想她倾国倾城的容颜是可堪玩味的。至于我，默诵着一个一见面就牢牢跟定我的句子，在看似枯败的牡丹花茎前想着明艳的心事，不怨艾，不懊恼，一如那些初生的牡丹花叶，紧紧抱住自己雍容的愿望，等待一场必然的绽放与飞翔——这是我清贫生命中一个多么奢华的时刻！

游罢寺院，众人的脚步开始把我往外带。走到那面颓壁跟前，我站住了。这回，却是想让刚刚苦心教会了我呼吸的那个句子看清这朵俗世之花一次不寻常的美丽颤动——吸进来，呼出去。

此刻，那个句子在满墙文字的汪洋中浮凸得愈分明了。"只有真正需要我的人才能认出我。"我听到它在说着这样的话。我颔首。内心充溢着独得的隐秘欢悦——在春天之外，我又意外地获赠了一个春天。

一朵叹息

看章诒和的《刘氏女》时，我没有流泪；但是，书中附页上的几行文字，却看得我泪流满面。章诒和说，在狱中，女犯们百无聊赖，便以做鞋、绣鞋垫打发时光。原本不谙女红的她向狱友们学习讨教，为母亲绣了一双灰色鞋垫。她的"作品"构思十分巧妙——左边鞋垫脚心处绣了一个"女"字，右边鞋垫脚心处绣了一个"马"字。当母亲收到女儿寄自狱中的那双鞋垫，并拢起来读出那个"妈"字，忍不住放声大哭……

我流着泪，抚弄着《刘氏女》素色封面上那一对红色的鱼儿。那是章诒和的狱友送给她的鞋垫上的美丽图案，那是在那个人性扭曲年代里绣在人性底子上的一朵叹息。

思念母亲，就在鞋垫上精心拼合出一声呼唤；向往自由，就把畅游的梦想托付一对鱼儿。她们的心思那么简单粗疏，她们的心思那么复杂细密。

在"表达"滞涩的日子里，心，舍不得捐弃了爱的呐喊。那掩耳也无可避匿的，是寒夜里独自咬着被角时灵魂发出的巨大轰响。在肮脏到令人屏息的牢房里，自由死去，快乐死去，尊严死去，而幽微的"表达"，却如墙角砖石上的青苔，在晦暗的霉气里独活——活得卑贱，活得高贵。

当"表达"欣获赦免，当往昔的青苔幻化为今朝阳光下一株苗长的植物，我们，是否曾在浑然不觉中用"辜负"对那金贵的植物施暴？

太多的时候，我们疏忽了表达。我们爱上了一个叫"目标"的女郎。我们爱得那么无怨，我们爱得那么痴狂，心也要呕给她，血也要沥给她。我们做了一箩筐取悦她的蠢事，只想博取她的回眸一笑。"价值焦虑"，劫持了我们脆弱的心。抓狂的日子里，我们几乎是坦然地疏忽了亲情的表达。

还有的时候，我们玷污了表达。尽管头上没有鞭影，但我们的口，还是会恬然背叛了我们的心。在"皇帝的新装"面前，我们被一种"习得性无力感"粗暴绑架，我们缄默不言，我们言不由衷，我们自欺欺人，我们甚至批评那个勇敢地说出了真相的孩子是在犯"幼稚病"。——那一对绣在鞋垫上的鱼儿，会不会为我们狂悖的表达哀泣？

当亲情的呼唤不必婉曲地交付千针万线，当自在的畅游不再是呜咽的足底梦想，当一个叫"自由"的舞伴盛情邀约你倾泻生命的真情与浓情——你，能否拿出足够的爱与勇气，完美修正那一朵叹息？

美人尺

听一位美术老师讲如何品鉴仕女图。

PPT 翻页，哇，满屏的仕女图！他微笑着问大家："喜欢这些仕女图吗？能看得出它们的优劣高下吗？"

看那一幅幅丹青，工笔也好，写意也罢，功夫都着实了得；再看那画中女子，或倚或坐，或颦或笑，或赏玩，或歌吹，都美得令人心醉神迷。我试图为这些画作分一下类，却又实在无从下手。

老师说："我给出一个标准，你们可以按照这个标准去操作。仕女图大致可分为三个档次：悦目，赏心，牵魂。——好，下面你们再试着区分一下。"

——悦目，赏心，牵魂。老师这把尺，给得好啊！刚才还混沌不堪，突然就云开雾散了。

我首先找到了"悦目"类的。那是一些养眼的女子，云鬓花颜，却仅有"浅表性"美丽，且又美得呆、美得冷，让你觉得，伊充其量就是个画中的人儿。你不可能生出与之亲昵的冲动。她的美，是平面的，只薄薄一层，吹拂可散。

再寻"赏心"类的。那些女子，除却容颜姣好，通身散发着温润光泽。她是有温度的，并且她的心里盛满了芬芳心事。你会忍不住猜想她的来路，猜想她目光后面摇曳着怎样旖旎的故事。她的美，是立体的，由外而内，密致坚实，光阴亦难剥蚀。

"牵魂"类的画作仅有一幅。画中女子，似人非人，似魅非魅。眉眼吊得高高的，清逸典雅，见之忘俗。风，打从她飘举的衣袂中来，轻掠你的颊。看她抚琴的手，那么生动，仿佛被袅袅的乐音缱绻地宠了，指纹中溢出水秀山清。——这女子，分明是为了入众生之梦而生。她的美，具有高渗透性，足以"映带左右"，烛照人生。

悦目的，赚走我一个眼神；赏心的，赚走我一串叹赏；牵魂的，赚走我一世怀想。

这把尺，不仅适合衡量仕女图，世间美人，不也同样可以做如许衡量吗？

语文，是写给谁的"情书"

　　不知从什么时候开始，人们又开始读诗、诵词了，尤其是中国古代遗留下来的或婉约、或豪放的那些词篇，正在用它们的魅力吸引着世人。当你读一首诗或一曲词的时候，都会因为知识水平、人生阅历、情感归属等的不同而对这些文学作品产生专属于自己的解读。这解读是功利也好，是"零负担"也罢，至少别让文学的力量变成生命中的奢侈品、变得可望不可即才好！

假如我们不崇敬英雄

请允许我从 2015 年北京高考作文题谈起。2015 年北京高考作文题是"二选一"，其一为《假如我与心中的英雄生活一天》，其二为《深入灵魂的热爱》。看到北京高考作文题的时候，恰好与一个年轻的语文老师在一起，她忍不住惊叫起来："啊？！英雄那个，太坑爹了吧？现在的孩子有几个知道英雄的故事？不贴近生活的作文题，就是烂题！"

很快，北京阅卷现场传出消息：写"英雄"的考生仅占一成多，其余考生都写了"热爱"；即使写"英雄"，也写得比较空洞，甚至问英雄："你吃饭了吗？要不要喝点水？"有个北京的朋友，孩子今年参加高考，考试结束后，孩子打来电话，让我帮他估一下作文分——当然，他选写的是"热爱"。说完了正事，我问他为什么不写"英雄"，他答："一看见'英雄'那个作文题，也有点小激动，但一琢磨，我所知道的，也就是那些网络游戏里的英雄，什么《英雄年代》《300 英雄》之类的，写那个，不可能拿高分啊！"

果然被我那个年轻的同行说中了——孩子们讲不出英雄的故事，更无法"与心中的英雄生活一天"。然而，这真的是一个"坑爹"的"烂题"吗？我只想说出两个事实：一是，当我看到这个作文题的时候，我耳畔立刻响起了《英雄儿女》的主题曲，如果我来写，我可能会写王成。当我还是个十二三岁的孩子时，我跟着乡村电影放映队，走村串屯，一遍遍看英雄王成的故事，许多台词（尤其是王成、王芳的台词），我都会背了，但小小的心里，依然盼望着在南旺村的电影里牺牲了的王成，会在西旺村、北旺村免于牺牲——现在，我单位的对面是个公园，公园里总有民间合唱团唱些老歌，只要一听到"风烟滚滚唱英雄，四面青山侧耳听"我就莫名激动，大冬天也要推开窗子，恭请那歌声进驻我的斗室。我要说的第二个事实是，不是所有国家的高中生都无法驾驭"英雄"这个题目，最让我无法释怀的是，我们心中所谓"敌国"的孩子就有浓重的"英雄主义情结"，假如让他们与"心中的英雄生活一天"，他们很可能会用一种变本加厉的嚣张将你我杀个片甲不留。

《假如我与心中的英雄生活一天》这个作文题不仅仅是出给考生的，更是出给时代的，出给国家的。

我们的孩子，认识最多的是"脸蛋英雄"'嗓子英雄""相亲英雄""吸金英雄""虚拟英雄"。你若要让他与某明星、某"大咖"、某"美少女战士"（日本动漫人物）生活一天，他会像打了鸡血一般，灵感突降，妙笔生花。但我要问的是：难道，这种让考生有话可说的作文题就不叫"烂题"了吗？

从什么时候开始，我们成了"哄笑"的逐臭之徒？"搞笑大于天"，会搞笑比会什么都吃香。我们在相声、小品里笑，我们在段子、游戏里笑，我们在抗日神剧里笑，我们甚至可以在敌寇留下的炮楼里穿起敌军的服装、挎起敌军的大刀对着镜头吃吃地笑……就这样，一群没心没肺的"本能至上主义者"在酒足饭饱之后，开始打着饱嗝煞有介事地考证起"英雄"来——刘胡兰怎会从容走向铡刀而不逃避？黄继光怎会舍身堵枪眼而不犹疑？邱少云怎会被活活烧死而一声不吭……庸人自有庸人的理论，他以为自己做不到的，别人也绝不可能做到。一时间，质疑英雄、丑化英雄、向英雄泼粪，竟成了互联网上的令人发指的时尚。英雄不能开口说话，他们是互联网上的弱势方；网民恶搞英雄的发泄式狂欢也因此愈演愈烈，鸡一嘴，鸭一嘴，家雀跟着喷一嘴，大家沆瀣一气地把英雄整成个"道德残废"，这才心满意足地哄笑着散场。

丧失了"神圣感"的生命，其灵魂可达到的丑恶程度，往往超出大众的预想。

我之所以赞赏"英雄"这个作文题，是因为它以一个邀请的姿势，引领那些在低洼地带过久盘桓的人走向崇高，它试图让熄火的心灵重新燃起熊熊的信念之火，它试图让凡庸的生命在仰望那些正义的献祭者的过程中完成可贵的涅槃。

抗日战争期间，诗人田间写过一首著名的"墙头诗"《假使我们不去打仗》："假使我们不去打仗，敌人用刺刀杀死了我们，还要用手指着我们的骨头说：'看，这是奴隶！'"我将它仿写为："假如我们不崇敬英雄，狗熊就会掏走我们的心肺，还要狞笑着在互联网上发帖子说：'看，我为人类消灭了渣滓！'"

哭泣的小鞋子

学校每个月都要为学生们放一次电影。为了了解大家对年内所放电影的感受，团委的一位干事在校园网上搞了个调查。

投票很散乱，面对同一个问题，答"是"与"否"的几乎是一半对一半；但是，在"最不喜欢的一部电影"这一问题面前，大家的投票却出奇的一致——全都是伊朗电影《小鞋子》。在留言当中，我看到了下面这些话：

"破电影！特没劲！"

"兄妹俩轮换穿一双鞋子？莫非编剧姓胡？名叫胡编？"

"那个阿里也太傻了，长跑比赛一门心思想得第三名，为的是赢得那双鞋子。结果一铆劲，跑了个第一名，还挺难受。你难受啥呀？你把第一名的奖品换成三双鞋子不就得了！"

"当阿里把他那双烂乎乎的脚丫子泡进水池子里的时候，哥果断地笑了！"

"再也不要播放类似《小鞋子》这样的电影了！强烈要求补偿，播放《小时代》吧！"

"谁推荐的这部电影啊？有胆子的站出来！"

……

我呆在了屏幕前。

这部电影，是我推荐的。

看这部电影的时候，我多次落泪。阿里一家的贫困与苦难，以及他们在这样窘迫生活中表现出来的自尊与宽容，深深地攫住了我的心。当看到兄妹俩一次次飞奔回家轮换穿鞋的时候，我甚至想到了自己那一双双闲置在鞋柜里的鞋子，同情心与负罪感，使我受到双重折磨——从那场电影中出来，哥哥阿里、妹妹萨拉的眼睛一直在我眼前晃啊晃。我几乎是逢人就推荐这部电影，我愿意让这样的洗礼惠及更多的心灵。所以，当学校要求老师推荐影片的时候，我毫不犹豫地推荐了《小鞋子》。

我的朋友韩松落说："为了报仇看电影。"我喜欢他将"报仇"这两个字用在了这里。我们的"仇"来自何方？我们的"仇"来自生活苛刻的锁定——一个城市，几个亲友，三万个日子，这就是多数人寒素的一生。是电影，将我们带进了不可能的生活。漫漫远古，遥遥他乡，陌生的名字，陌生的日子。每一个看电影的人，都在不自觉地与剧中人进行着"角色互换"，分享剧中人的苦乐，体察剧中人的忧喜。看一部好电影，就是做了 120 分钟的他人。这样，我们乏味单调的人生就变得富丽起来、多彩起来、波澜起伏起来。我们用妙不可言的内心体验，报复了凡庸的、死水般的生活。好电影恰如一个好老师，他会娓娓告诉我们人生的真谛。从好电影中抽身，我们便更爱这个不完满的世界，更爱有着种种性格缺陷的亲友。

让我始料未及的是，我们的孩子是那么反感与阿里、萨拉"角色互换"，那么反感耳边真真切切地响起落难者的哀鸣与呼号。他们怀疑苦难的故事正在远方真实地发生着，他们自作聪明地为远方的孩子开出疗治痛苦的药方，他们会止不住地在该哭的地方发出冷漠的笑声……他们向往着《小时代》中的浮华、奢靡，向往着与影片中的林萧、南湘们"互换角色"。他们粗暴地排斥在一种泣血的提醒中怀着感恩之心抱紧已有的幸福，他们更愿意将自己的目光投注于那些毫光四射的物什，以期在一种廉价的视觉抚慰中获取内心短暂的快感。

我要向《小鞋子》的导演马基德·马基迪先生真诚致歉。真是对不起啊！我没有能耐让我的学生喜欢您导演的这部优秀影片。但我决定写出这篇文章，我愿意等，我愿意等那些稚嫩的心灵在遭到生活的狂风暴雨一次次击打之后蓦然回首，我相信，那时，他们会在泪水中看清那双哭泣的小鞋子！

脚窝里开出的花朵

最初接触白居易的《琵琶行》时，我还是个十二三岁的孩子，无端地，竟把他想象成了一个穿长衫的男子，临风伫立于浔阳江头，握了满把大大小小的珠子，往一个碧绿的玉盘中撒、撒。后来终于读懂了这首绝美的诗，却无论如何抹不掉脑海中这个错误的景象。再后来，我站在讲台上给我的学生讲这首诗，讲到"大珠小珠落玉盘"的时候，我常忍不住浩叹，我跟学生说："如果你的耳朵不被这样的脆响灌满，你就没有办法领略琵琶女弹奏技艺之高妙。"他们不知道此刻的我唇际正漾着一汪笑，我在笑自己在这首诗中那个稚气的迷失。

白居易对有声之声写得如此精妙生动，对无声之声的描摹更令人叹服，他说"此时无声胜有声"，在声音的空白处，他的耳朵听出了一万朵花开！自打他对无声之声做了如许描摹，千载而下，他的身后崛起了一代又一代驾轻就熟地引用着这个诗句的幸福的人儿。一个生生不息的句子，葳蕤着，为多少静默的时刻代言！当你信手拈来这个神奇的句子，把它恰到好处地插入你的某种表达当中，你会不会向岁月深处感恩地回眸，向那个才情傲世的诗人颔首微笑？

那么多容易被人忽略的声音，都被白居易纳入了耳鼓，摄入了心屏，挑在了笔端……

白居易笔下的"夜雨"是这样的：

早蛩啼复歇，

残灯灭又明。

隔窗知夜雨，

芭蕉先有声。

瞧，他连一只嫩嘴的蛐蛐叫一阵子歇一阵子都清晰地分辨出来了！雨前的风，逗弄得残灯时明时灭，诗人并不曾伸手于窗外探察雨点，却敏锐地听到了芭蕉叶上雨儿的足音！

白居易笔下的"夜雪"是这样的：

已讶衾枕冷，

复见窗户明。

夜深知雪重，

时闻折竹声。

雪来了，它没有像雨那样激动地在芭蕉叶上跳舞，而是悄悄地从你的衾枕上偷走了一点温热，从你的窗纸上涂掉了一层晦暗。你真切地得知雪之大、雪之重，还是竹枝殷勤相告的呢！静夜中折竹的响动，惊扰了诗人的幽梦，于是诗人开始在这不寐的长夜中苦觅新诗的韵脚。

浔阳江畔的珠玉之声，就算被我曲解了，也错出一段美妙的歧韵，至于那越窗而来的雨雪之声，更是让我生出了比珠玉还温润的怀想。因为心静，所以耳喧。如果让我试着说说这些诗的效用，我可能会说：安神、解乏、镇痛、疗伤。在浮躁追击着每颗无辜的心灵的今天，你想象不出，我多么愿意听珠子撞击玉盘时的绝响，多么愿意听深夜雨雪行经芭蕉或竹枝时的妙声，多么愿意听"别有幽愁暗恨生"时那无声的心曲。这些声音在白居易之前就在那里存在着，却被太多太多的人忽略，若不是白氏用生花的妙笔救起这些声音，我们的耳朵怕也会在它们面前失聪吧？世界造就了这样一种人，给黯淡以色彩，给喑哑以声响，给沉寂以灵动，给腐朽以生机，他从自己的眸中挹出一些光亮来赠给你，他从自己的耳中摘下一些声音来赠给你，他是诗人，他揣着一颗珍贵的诗心在寻常的日子里行走，在他的身后，脚窝里开出了不败的花朵。

今天，我的耳朵里充斥着机器的噪音，我不敢宣称我想回到唐朝，我不敢宣称我想追随着白居易的耳朵去幸福地听。我只愿哼着歌子，为白居易的诗做一个漂亮的"flash"，发给我天南海北的朋友，让他们在噪音中遁入一小片安宁，随着白居易去听，去想……

语文，是写给谁的"情书"

　　走进一位语文教师的课堂，听她带着学生们赏析古诗。讲白居易的《池鹤》时，她让大家揣摩这两句诗的含义："低头乍恐丹砂落，晒翅常疑白雪消。"大家七嘴八舌：有人说是赞美丹顶鹤不低头、不媚俗的精神，有人说是表达作者孤芳自赏的情怀。教师总结道："表达了诗人愤世嫉俗、不与世俗同流合污的坚贞品格。"——没了，居然。"看下一首诗"，她说。

　　我为白居易一恸。我为该教师一恸。我为孩子们一恸。

　　我敢说，当白居易写出"低头乍恐丹砂落，晒翅常疑白雪消"这两句绮丽精工、犹如神助的诗句时，他定然万分得意。我甚至想，如果让诗人在临终前盘点他的一世佳句，他定然不舍丢掉这两句傲视群伦的诗。休说是作者，千载之下，隔了漫漫时空，当我们将今天的自己摆放到这杯醇醪面前，不也是未尝饮、先已醉了吗？当师生在书山苦攀、在题海苦泅，不期然撞上这样的句子，理应是焦渴逢甘霖、雪地遇篝火般地额手称庆呀！来，让我们将心灵最温柔的一隅交付这两句诗，任那鸟中极品丹顶鹤款款走近，它那么"仙"，你自然可以仿效古人的叫法，唤它"仙鹤"。诗人说，仙鹤低头的时候，会担心头顶的朱砂掉落；晒翅的时候，会害怕太阳晒化了白雪般的翅膀。一个"乍"字，写尽了仙鹤低头瞬间的微妙错觉；一个"常"字，则绘尽了仙鹤顾惜白羽的自护心态。这只鹤，为美而生，为美而活。它的"恐"与"疑"，无不是在为自我的姿容动着可爱的小心眼。它顶上那一点天赐的朱砂，那么娇俏，那么招眼，所以它才会在低头的刹那生出无谓的担忧；它那为飞舞而生的双翼，玉娇雪宠，不染纤尘，所以它才会在晾翅的时刻生出多余的顾虑。你看你看，这分明是一只高度自赏、自怜的仙鹤呀！不过，它的丹砂顶与白雪翅不就该是拿来自赏、自怜的吗？我固执地以为，这只鹤带给我们的审美快感与精神教化，不亚于一本教科书。然而，从什么时候开始，我们变得不会、不肯、也不甘纯粹从"美"的角度来欣赏一个句子、一首诗了呢？我们欣然让自己染上了"政治病"，面对古人笔下的任何一个句子，我们都试图从政治的角度分析出个所以然来，仿佛不这样做就不够厚重、不够深远、不够唬人。面对一个神姿仙态的句子，我们粗鲁地用一个臭烘烘的解读就胡乱把它打发掉了。

"鹤有不群者，飞飞在野田"，这也是白居易呈送给世人的一幅画。丹顶，黑颈，白羽，在蓝天绿野间款款而飞。我喜欢长时间凝视这样的句子。我以为这句子本身就是带有仙气的，它可以带动着你的心轻灵飞翔。诗人又说："谁谓尔能舞？不如闲立时。"你有没有觉得，这两句诗其实是无所谓褒与贬的，鹤的舞时、立时，在诗人的笔下均为满分。因为，诗人眼中的鹤，通体皆是美的元素——动亦美，静亦美，唳亦美，默亦美。

"零负担"地欣赏一首诗，听凭它用喙悄然啄走我们生命中的种种忧烦，这是不是已经成为了语文课堂上的一种极奢行为？我们那么迷恋"挖掘"，不抠出点连我们自己都懒得信的东西就不肯罢休。想想看吧，究竟是谁跋扈地误读了那只鹤？又是谁，恬然将这种可悲的误读当成了智慧！

人生课本

一

走进一位语文老师的课堂，听他讲季羡林的散文《幽径悲剧》。他带领孩子们读那一株长在燕园的古藤，读那一株在送走了严冬之后正报恩般地将满枝的花朵捧给人间却不期然被腰斩的古藤。

季老的心，在那株无辜的古藤前悲哭哀嚎：

"我不敢再看那一段悬在空中的古藤枯干，它真像吊死鬼一般，让我毛骨悚然。非走不行的时候，我就紧闭双眼，疾趋而过。心里数着数：一、二、三、四，一直数到十，我估摸已经走到了小桥的桥头上，吊死鬼不会看到了，我才睁开眼走向前去。"

齐读到这里的时候，我发现，我身边有个漂亮女生忍不住笑了一下。

我知道她在笑什么。

她一定是在笑那个自称"没出息"的作者，笑他如此胆怯，竟要闭着眼、数着数在一条死藤下通过。"哼，若是换了我，我会睁大眼睛、哼着小曲通过的！"漂亮女生或许会在心里这样说。

我忍不住也在心里与这个漂亮女生对话："孩子，你怎样理解'没出息'这个词呢？你真的以为那个'经常为一些小动物、小花草惹起万斛闲愁'的人没出息吗？那么，谁是真正有出息的人呢？举刀砍藤的人就有出息吗？无视藤萝半开的花朵猝然失去春天的人就有出息吗？你今天在文中遇到的这个人，是个以为万物有心的人，是个愿意将心比心的人。他把自己的一颗心慷慨地付给了春天的万朵花开，嘱它们将自己的心思阐释出不同的芬芳与色彩。他有一些美妙心思，就挂在古藤半开的花朵上，当古藤惨遭杀害，他的心，当真就会疼痛流血啊。如果一个深切地与大地万物互相拥有着的人被称作'没出息'，那么，我们是不是应该成为这'没出息'的信徒呢？还有，孩子，你以为你能哼着歌在死藤下通过就叫'勇敢'吗？你可知道，值得推崇的'勇敢'，原应是老子所说的那种'勇于不敢'啊！勇于敢，是低难度的；勇于不敢，才是高难度的。心存敬畏，方能勇于不敢；勇于不敢，方能神勇无敌啊！"

你又在和大家齐读了："它的灵魂死守在这里。每到月白风清之夜，它会走出来显圣的……"

孩子，你信吗？

不管你信不信，反正我信。

二

走进高一的语文课堂，听老师讲亚伯拉罕·迈克尔·罗森塔尔那则著名的新闻《奥斯维辛没有什么新闻》。

毒气室、焚尸炉、成堆的头发、婴儿的鞋子、400万个生命……

"导游也无须多说，他们只消用手指一指就够了。"

令人发指的暴行，让朗读课文的男生声音颤抖。

终于，她，出现在了罗森塔尔的笔下。罗森塔尔写道："这是一个二十多岁的姑娘，长得丰满可爱，皮肤细白，金发碧眼。她在温和地微笑着，似乎是为一个美好而又隐秘的梦想而微笑……"老师用 PPT 展示了她的照片，她美丽得那么不合时宜，她微笑得那么不合时宜。在众多形容枯槁、表情木然的濒死者照片中，她那不合时宜的美丽与微笑穿越时空，击中了这间教室里的每一个人。

"她为什么会微笑呢？在这样的时刻，她为什么还会怀有'美好而又隐秘的梦想'？她那'美好而又隐秘的梦想'究竟是什么呢？"老师抛出了一系列的问题。

一个女生说："我觉得她很像刘和珍，坦然面对死亡，丝毫不惧怕。她的微笑是勇敢的微笑。"

一个男生说："她一定是看到了曙光！她坚信，法西斯的暴行不可能太持久，人民终会取得胜利。她的微笑是自信的微笑。"

另一个男生说："我觉得，这个姑娘看透了法西斯本质的虚弱，她的微笑表现了对杀戮者的轻蔑。"

有个女生怯怯地说："是不是因为她正憧憬着自己甜蜜的爱情呢？她'美好而又隐秘的梦想'或许是关于她的心上人的吧？"

又一个女生说："这个姑娘知道自己笑起来很美丽，所以，她有些本能地笑对镜头。"

一个男生抢着说："不对！我觉得这个姑娘涉世不深，她对死亡没有太深的认识；并且，她可能还心存侥幸，以为刽子手不会残忍地毁掉她这朵生命之花。所以，我认为，她的笑是无知的笑！她笑得越无知，作者也就越心痛。大家想想看，那么美好的生命，在那么无知的情况下就走向了死亡，这对法西斯的罪行是多么深重的控诉啊！我想献给这位姑娘一首小诗：

阳光下，

雏菊开得那么好。

姑娘，

你以为，

这就该是生命的状态了。

你微笑地数着雏菊娇美的花瓣，

一点都不知道，

你也在数着死神的脚步。

所有的人都愣了一下，继而爆发出热烈的掌声。

老师说："孩子们，对于那一抹微笑的真实内涵，也许你们猜对了，也许你们没有猜对。这个问题没有标准答案。但是，关注这一抹微笑、解读这一抹微笑，这个过程多么珍贵啊！你要用自己的心，去贴近那个姑娘的心，感觉到它真实的跳动。当你萌生出了为这一抹微笑写一首小诗的冲动，那么我想，那个姑娘是欣慰的，罗森塔尔是欣慰的，你的祖国是欣慰的，你的老师是欣慰的……"

在花生和稻草之外

　　杨先生应邀来我校讲座。热烈的掌声说尽了学子们对这位画家的无限敬慕之情。

　　杨先生是个有趣的老者。他讲座的开场白既令人哗然捧腹，又令人泫然垂泪。从那个讲座出来，许多同学都对艺术着了迷。

　　老先生甫一登台，就尖着嗓子模仿一个孩子的口气说道："杨老师，您别给我们讲什么艺术了，我们又不想吃艺术这碗饭，高考也不能指望着艺术加分。"然后接着说："同学，你先别一棍子把我这艺术打死，先听我讲个跟艺术有关的故事吧。

　　"我高中毕业后回乡劳动，生产队分配给我的任务是养猪。我分管五个猪圈，每个猪圈一头猪。跟猪处了一阵子后，我发现自己心眼长偏了——我格外稀罕其中一头猪。那是一头浑身雪白的猪，漂亮极了，神气极了。我叫它'小白'。按其年龄，小白属于'少年猪'，正像歌里唱的那样：'小小少年，很少烦恼。'小白也很少烦恼，何止是很少烦恼，简直就是一头'喜感'极强的猪，是猪中的乐天派。每天，它都用它的快乐感染着我，让我觉得生活真美好。不瞒大家说，我这个猪倌儿，就是'看猪下菜碟儿'，整天给小白吃小灶。冬天到了，我抱来稻草，仔细地铺到小白的猪圈里，又找来大白粉，给小白粉刷了圈墙。每当看到小白侧卧在金黄的稻草上晒太阳，我就打心眼里替它感到舒服。有时候，我对着小白唱歌，它居然会跟着我的调子哼哼。

"吃得好，住得好，但我觉得小白一定不会仅仅满足于此。那时候，我正痴迷着西洋画。心想，或许小白也会喜欢吧。那一天，我当真就把一幅《蒙娜丽莎》拿到了猪圈里，和小白共赏。我告诉小白说："这幅画可了不得，它是达·芬奇用四年的时间绘制而成的！你看蒙娜丽莎的微笑，多么神秘、妩媚；你再看她那双手，多么柔腻、丰润。画家运用了'空气透视'的笔法，使画面幽深朦胧，充满诗意……当我说这番话的时候，小白根本就没有任何反应！

"这件事使我很受刺激。我把小白引为知音，但是，小白对我痴爱的美术半点兴趣也没有。我不得不承认，它的快乐，来自于吃花生、睡稻草、晒太阳，但它不懂得欣赏美。我很替小白难过，它不幸被造物主设定为一头猪，它无法超越自己的属性而获取属性之外的能力。蒙娜丽莎的微笑不能够打动它，跟着我唱歌也纯属瞎哼哼。小白是一头猪，它无福消受人类创造的高雅艺术。

"后来，我告别了小白，到远方去学画。再后来，我就被人称作画家了。

"五年前，我随一个考察团去法国，在卢浮宫，我三次掉泪啊，孩子们！

"第一次，进馆参观前，我们团有两个官员说他们想放弃参观，原因是他们一个脚疼、一个腿疼。我好为他们着急。正急着呢，竟意外发现了轮椅租借处！我便自告奋勇地要去给两位官员借轮椅，不想却被两人拦住了。他们说：'我俩就是懒得去参观，特累！我俩商量好了，在门口玩牌，等你们。'我听了，悲凉的泪流了一脸。

"第二次，在卢浮宫的镇馆之宝《蒙娜丽莎》面前，我一下子想起了那个猪倌儿，当他带着小白欣赏达·芬奇那幅肖像画的时候，他何曾料想今生今世居然能有机会站在这幅世界名画面前！想到这儿，我幸福地哭了。

"第三次，在《拿破仑加冕图》前，有一群金发碧眼的小孩子，席地而坐，正有模有样地在画板上学画达维特的这幅力作。整幅画有一百多个人物，孩子们只选择其中一两个自己感兴趣的在勾勒。看到这些孩子可以用这种方式亲近历史、亲近大师，我妒忌啊！不争气的眼泪又一次流了出来……

"现在，我一说起这三次流泪，还是忍不住想流泪。孩子们，几千年来，人类一茬茬在这个星球上繁衍生息，我们的先人所创造的优秀精神产品，堪比万里长城，而我们终其一生，只能欣赏到有限的几块砖，一想到这些，我就害怕，我就恨不得不吃不喝争分夺秒地欣赏、阅读。孩子们，当别人问你：'你喜欢哪种艺术形式啊？'你总不能用小白的口吻说：'哼哼，我又不是特长生，我对艺术没反应！'或者用准小白的口吻说：'哼哼，我只喜欢小品，我只喜欢韩剧！'

"孩子们，造物主爱我们，没有把我们设定成一头猪。在花生和稻草之外，我们还要学会用'美'这种东西宠爱自己的生命。不枉来人世走一遭，不要让小白们在遥远的猪圈里冲我们偷笑。爱艺术吧，就算你的高考得不到加分，你的人生必定能得到加分！"

养活灵魂

我读大学时，教授明清文学的是朱泽吉先生。朱先生可以大段大段地背诵《红楼梦》。他在讲台上背，我们在下面对着原著看，盼着他"打奔儿"或出错，但我们却每每失望——当时没有觉出这情景有多稀奇，多少年后，朱先生作古了，我却一次次驱遣着自己的心重回那渐去渐远的课堂，有时竟会莫名淌下热泪。

先生嘱我们中文系的学生要"多读一点，多背一点，多写一点"。做了语文教师之后，我也这样要求我的学生。无疑，读与背，是"纳"的过程（背是"精纳"）；写，是"吐"的过程。有了很好的"纳"做基础，我们才可以期待自己"口吐莲花"。

浮躁的时代，使许多文人品质变异。2010年高考作文全国卷谈的是"浅阅读"，互联网的深度介入，使太多人的阅读沦为了"扫描式阅读"。"浅阅读"的盛行，是文人堕落的一个信号。杂文家徐迅雷先生写过一篇妙文，题目是《智识分子·知识分子·知道分子》。看张爱玲的文字，你会注意到她将我们所谓的"知识分子"一律写成了"智识分子"。这是那个年代的一种惯常写法。徐迅雷先生将"智识"巧妙地解释成了"智慧地认识"，那个年代的书生确乎能在书中淘到智慧，且促生自我智慧；后来，"智识"变成了"知识"，隐逸在书斋中的知识分子虽不及智识分子"智慧含金量"高，但还算差强人意吧；到了现在，索性变成了"知道分子"。知道分子满足于知道，他们获取信息的渠道多是显示屏（电脑、手机），他们的活动场所多是银屏，他们不屑苦读、不屑深钻，他们时刻都在努力做"高贵状"，一不留神儿却为"浅薄"做了注脚。让自己从"知道分子"，上升到"知识分子"，再上升到"智识分子"，这是一种"正修炼"，否则，则是一种堕落式的"逆修炼"。

"深阅读"不回来，"深刻"就只有流浪的份儿。

我担任语文特级教师评委的时候，一位语文教师准备的说课是《荷塘月色》。他眉飞色舞地讲如何"以讲带背"，即通过他的讲解使同学们将要求背诵的段落轻松背过。我很欣赏他的教学方案，便决定奖赏他一个最容易的答辩题，我说："那咱们就背诵一段。我开个头，你接着往下背。'曲曲折折的荷塘上面……'"结果，这位老师只能接背一个句子，"弥望的是田田的叶子"，然后就借口"感冒了"不往下背了。我想，一个语文教师如果能够对美好的文字"爱之入骨"，背诵就不再是苦役而是乐享了。

有人可能会问，"搜索"盛行的时代，"背功"还有用吗？这个问题似乎可以跟"打字盛行的时代，练书法还有用吗"归为一类。面对这样的问题，善背的人与善书的人一定会发笑的，因为这问题着实可笑。

贾岛说："一日不作诗，心源如废井"。目下，真正"与写为伴"的文人还有多少呢？降生尘世，每个人都希望活得"值"。真正的"值"不可能仅仅是与物质为伍的，文人更需要以精神生活做生命的给养。

柏拉图说过一段妙语，他说，通常来讲，人类会养育两类子女，一类是"身生子女"，一类是"魂生子女"；前者是我们与"爱"结合的产物，后者是我们与"美和智"结合的产物。我想，对于一介文人而言，多写一些好东西，就等于让我们的灵魂多分娩了一些优秀"子女"，我们就算活得值了。

我有时为了出一本新书翻查自己的旧作。面对那些从自己心底流出的文字，竟会生出一丝陌生感。彼时之景，彼时之情，若不是凭靠了文字的细腻记录，大概就留不下丝毫可供凭吊的印记了吧？相似的日子，多么容易湮没在时间的海里！感谢文字，使我生命留痕。

杨丽萍说她用舞蹈"养活灵魂"。这句话可能会在太多的领域寻到知音吧？画家用丹青养活灵魂，音乐家用音符养活灵魂，文人则理当用文字养活灵魂。

我们的民族从没有像今天这样崇尚娱乐。几乎人人心中都有不轻的"小品情结"，连日军侵华这么沉重的话题都可以整出搞笑版。一个"笑星"的知名度远比一个学术明星的知名度高得多。在"不娱乐，毋宁死"的今天，太多的人推崇"多唱一点，多跳一点，多玩一点"。在这样的世风之下，我依然愿意模仿着恩师的调子鼓吹"多读一点，多背一点，多写一点"。朋友，你可能体察我的深意？

书　疗

忧时喜时，我都愿意去亲近书。

最近一段时间，迷上了重温书籍。那感觉，像是在重访故人，更像是在重访自己。

当忧伤"劫持"了我，我早就学会了"书疗"。抛掉沉重的专业书籍，不带任何功利色彩，宠着自己的阅读口味，读自己"最有感觉"的书。

多少次，我从自家的书架上拣出雨果的那部《悲惨世界》。我要会晤 16 岁那年结识的小珂赛特。我要看一看，穿着破旧衣服的珂赛特，还走在去森林里提水的夜路上吗？路过笼在蜡烛光里的玩具店的时候，她又偷眼看那穿着紫红衣服的洋娃娃了没有？当这个 8 岁的女孩提着沉重的水桶走在可怕的夜路上的时候，那只大手有没有悄悄伸过来，使她陡然感到水桶变轻了许多——那只大手，在拿走了珂赛特水桶重量的同时，也拿走了我的忧伤。我清晰地记得，自己在这页书上哭过；如今，我又重拾了那哭。感谢雨果，感谢他再一次抚慰了我。想起那一年，在法国的"先贤祠"前，央人给我拍了许多照片，心里有个温柔的声音在说："就当是与在这里长眠的雨果合影了吧。"今年初春，一家电视台邀我去担任"西方人文大师"主讲，让我从众多的大师中挑选一位自己"中意"的作家。"雨果！"我不假思索地说。对方笑了，说："啊？怎么这么多人都抢雨果呀！不好意思，雨果已经被人选走了，你另选一位吧。"我于是选了巴尔扎克，因为讲巴尔扎克注定绕不过雨果。200多年了，悲悯的雨果，一直在用他的作品降下悲悯的甘霖，给尘世间焦渴的人们带来福祉。

很久以前，读海子的诗。看他写："梭罗这人有脑子／梭罗手头没有别的／抓住了一根棒木／那木棍揍了我／狠狠揍了我／像春天揍了我——"我懵了。在我心里，伟大的作家总是要"救人"的，可是，海子却说，这位作家是在"揍人"。某一些时日，正春风得意，驱遣着自己随梭罗再一次走近他那片静谧澄澈的湖水。当听他说"我宁愿独自坐在一只南瓜上，而不愿拥挤地坐在天鹅绒座垫上"时，我突然就想起了海子的诗，果真就是被木棒"狠狠揍了"的感觉啊！不幸被梭罗言中，我不就是热烈地向往着"拥挤地坐在天鹅绒座垫上"的一个至俗的人吗？最初阅读的时候，这个精妙的句子怎么会被我粗疏的心轻易忽略了呢？而今天，这个句子举着一根多情的"棒木"，宿命般地揍了我。而这样的挨揍，又是多么美妙、多么值得记述啊！难怪海子说"像春天揍了我"，这样的训诫，凛冽中裹着暖意，让你在一个寒战之后不期然看见了枝上鼓胀的花蕾，你清醒极了，充盈极了。一个傲然独坐在南瓜上的剪影，越来越清晰地呈现在你面前，除了膜拜，你不知道自己还能做些什么。

从台湾来的毛老师认真地问我："为什么那些在世博会上排队等待的人们不带着一本书呢？"我被问得张口结舌。我替那些忘了带书的人羞惭。那些在长队里百无聊赖地玩手机的人，舍弃了被好书抚慰一下的美好机缘。

好的阅读究竟像什么？不同的人会做出不同的回答，即使是同一个人，在不同的人生阶段也会做出不同的回答吧。最近看到一个评论家的"酷论"，说："好的阅读就是引燃的炸药，它会在你心里炸出一个大坑，并在你身上留下终生难愈的无数细密难言的伤口。"检点自己的心与身，发现它们幸运地拥有着属于自己的"大坑"与"伤口"。我想，生命若想与"浅薄"决裂，大概离不开这样的"大坑"与"伤口"吧？好的书，会以撕裂你的方式，拯救你。

书可疗伤，书可疗俗，书可御寒，书可祛暑。海子走时，带了4本书，他肯定是打算到那边去精读吧？真想知道，那根棒木，可又幸福地揍了他？

谁能读懂一只"纯真的越橘"

一个朋友的朋友，坠入人生低谷，想要逃遁，央我荐本书看。我看他说得恳切，便将梭罗的《瓦尔登湖》推荐给了他。

一晃半年过去了。再见他时，全不见了先前的黯然。我暗想：莫非，《瓦尔登湖》的功效竟如此神奇？

他向众人做了个安静的手势，闹哄哄的房间登时肃静下来。他说："在我最难熬的日子里，张老师给我推荐了一本书。这本书是个美国人写的。那家伙从大城市里逃出来，一个人跑到湖边，过起了原始人的生活。我说得没错吧，张老师？"

他表情古怪地看着我。我点头。

他接着说："书里说了这么个事，大家琢磨琢磨。说有个诗人，去了趟田园，写了几首关于田园的诗，就觉得占有了那田园；农夫却觉得，田园里的瓜果属于自己，奶牛属于自己，自己才是田园真正的占有者。你们觉得，谁才是那田园真正的占有者？"

大家几乎异口同声地笑答："农夫呗！"

那人也笑了："可是，张老师可能就不这么认为。张老师，你向我推荐这本书，是不是想让我站到诗人那边？但是，现实是残酷的。

你只捡到几个野苹果，果园绝对不可能属于你；你在意念上挤走了人家的牛奶，并且提取了牛奶中的精华成分——奶油，可是，人家牛奶的品质却并没有因此发生丝毫改变！我觉得，那个诗人，太过阿Q了。毕竟，谁都不可能生活在真空当中。这个梭罗，看看还可以，绝对学不得！"

后来我才知道，此时的他已非彼时的他——人家又"春风得意马蹄疾"了！

我为向他荐书的事而懊恼，更为向他荐的居然是《瓦尔登湖》而格外懊恼。

请书中的"诗人"原谅。有些人，确实不适合和你站在一起，看你把田园最珍贵的部分"押上韵脚"，再用"一道最可羡慕的、肉眼看不见的篱笆"幸福地将那田园圈起来。他们会以为你的脑子出了问题。

一个"物质控"，不可能真正读懂梭罗。当豪宅、名车的诱惑高于一切的时候，你让他走进梭罗寒酸的湖边小屋，他只会觉得这是一个天大的笑话。

梭罗说："没有一只纯真的越橘能够从城外的山上运到城里来。"一些人听了这话，一定会觉得梭罗又在胡说了——不就是一只越橘吗？我有的是钱，我不惜空运！仅仅几个钟头甚至几十分钟的时间，我就可以将山里那只高傲的越橘握在手中了，她的品质，根本来不及发生任何改变！是啊，你富得流油，你有这样折腾的权利；但是，你永远读不懂一只"纯真的越橘"的拒绝。你不可能看到，在你强行掠她出山的时候，她固执地捐弃了自己的一缕芳魂。只有她自己清楚，她的生命，发生了多么可怕的损耗。她只肯让你得到一种食物，不肯让你得到一只真正意义上的越橘。在你和越橘之间，有一道用钱币垒砌而成的厚障壁，你在这一边，越橘在那一边。就算你把一只看似完美的越橘如愿以偿地摆到自家的几案上，你所占有的，也不过是一只越橘的空壳。

诗人带走了一个精神的田园。

越橘留下了一个精神的自我。

生命中一些珍贵的获取，往往与金钱没有任何关联；生命中一些抵死的坚守，可能在视界之外进行。有人说，梭罗是瓦尔登湖的情人，是大自然的情人，他"简单而馥郁"的一生，是一个常读常新的美妙寓言。那些脚脖子上坠了沉甸甸黄金的人，注定走不到遥远的瓦尔登湖畔；那些耳朵里灌满了闹嚷嚷市声的人，注定听不到云雀高亢的欢歌。

借我一双洁白的翅膀

课堂上，我带着孩子们做续写练习。

我给了他们两句诗做开头："天上的仙鹤，借我一双洁白的翅膀。"我让他们在这两句诗的后面续写放飞心愿的诗句。

他们衔接得五花八门——

"我要飞遍大好河山，把千般美景尽览。"

"我要飞到云彩上，俯瞰我美丽的家园。"

"我要飞到地球的那一面，看那里的人怎样生活。"

"我要飞回唐朝，我要飞回秦汉……"

没有错误的答案。我相信，他们欲要借助仙鹤的双翼飞去的地方，就是他们心灵的圣土。各异的答案，呈现的是多样的精彩。

我没有跟孩子们说这本是仓央嘉措的诗，也没有向他们公布原诗后面的所谓"标准答案"。我想给他们留一个悬念，或者说留一份"远期作业"。我相信总会有那么一天，来听我讲课的这些孩子会在不同的时空撞见仓央嘉措的诗句。他们或许会惊叫起来吧："天哪，原来那竟是他的诗！天哪，原来那两句诗的后面竟是这样写的！"

必须要有足够的时间，容你衔岁月之泥、光阴之草，在心上筑起一个预备盛放那两句美诗的巢，那时，它才可能翩然飞来，雍容栖落。

"天上的仙鹤，借我一双洁白的翅膀，我不会飞得太远，看一眼理塘就回返。"

节制的愿望，那么简洁，那么单一，连想象都舍不得挥霍——借来仙鹤一双洁白的翅膀，只为去看一眼刻骨思慕的"理塘"。我不能够把"理塘"简单地理解为爱人居住的地方，也不愿意过多猜想"理塘"在那个预言中的模样；我宁肯将"理塘"视为精神澡雪之所、灵魂栖止之乡。

明天的你，可愿意和我站在一起，欣赏一朵悭吝的心愿之花，将所有疯长的欲望都砍伐尽净，只留下一个小小、纤尘不染的"理塘"？

如果仙鹤有知，我想它大概不会将珍贵的双翼贸然出借给每一个前来求借的人。它大概会让求借者逐一陈述想要借这双翼飞到什么地方。或许，它会钦仰那想要飞得高的；或许，它会佩服那想要飞得远的；甚至它还可能对那梦想穿越朝代的飞翔者刮目相看。但是，我猜，真正让它欣然奉上自己洁白双翼的，还应该是那个志在"理塘"的人吧。

当我们飞得太远，我们就有可能忘了自己究竟为了什么出发。欲望的花，开了满满一树，我们曾误以为这就可以读作生命的丰赡了。然而，那可以饲养我们灵魂的果并没有藏于每一朵花的蕊中，一阵风来，繁花落尽，满眼狼藉；唯有一枚最初几乎被我们忽略的果，情愿熬过漫漫长夏，与秋风邀约，立志成为我们生命词典中那个叫"浅薄"的词的悲壮祭品——是不是，它也可以被温柔地唤作"理塘"——

不必刻意去寻，在某个时空的坐标点上，那两句诗，自会来找你。

自编教材与自种蔬菜

作家叶开先生与夫人都是文学博士，他们可爱的女儿小乔自小受父母的熏陶，也是个小小书虫。有一回，小乔做语文试卷遇到这样一道题："三国时期最足智多谋的人是谁？"小乔毫不犹豫地写道："孔明和庞统。"但是，语文老师毫不犹豫地打了大大的"×"，因为标准答案是"诸葛亮"！约谈家长时，语文老师给小乔的评语是"阅读理解障碍"。两个文学博士一听全傻眼了——孩子的阅读量远远超过了同龄人，怎么会存在"阅读理解障碍"呢？学校开放日的时候，叶开博士有机会走进了小乔的课堂，听了一节语文课《带刺的朋友》，课文讲述的是"我"与小刺猬的故事。小乔多次举手，老师却总是视而不见；小乔执着地举手，无奈之下，老师点了她。孩子开口道："为什么他们（'我'和小刺猬）之间是'带刺的朋友'？我看不出他们是朋友。"老师支吾着，让小乔坐下，就在此时，救命的下课铃响了，老师慌忙宣布"下课"，小乔的问题自然不了了之。女儿的问题，也正是父亲的疑惑点。叶开博士竭力寻到了宗介华的原文，对照阅读之后，才明白了女儿所提问题的价值所在。原来，教材的编者想当然地将最能说明"我"与刺猬是"朋友"的内容全都删掉了，弄了一个莫名其妙的"残本"让孩子去学。叶开博士发现，同样的问题不同程度地存在于这套教材当中。他实在不明白，这套教材怎么会搞出"三四十篇没有作者的'名著'"？

叶开博士悲愤地意识到学校的语文教育喂给了孩子太多的"垃圾"，他开始执拗地"对抗语文"。为了让女儿读到"放心书"，他自编了语文教材，书名索性就叫《这才是中国最好的语文书》。得到叶开博士的赠书，我忍不住想：这与其说是一个博士凭智慧编写的书，不如说是一个父亲凭责任编写的书。据说，书销得不是一般地好。看来，饥渴的人遍地都是。

就在几天前，获赠一篮蔬菜，是住在郊区的一个朋友送过来的。朋友说："现在菜市场卖的大都不是有机蔬菜，不但不是有机蔬菜，还是有毒蔬菜。我们家老爷子是农村出来的，种地是行家，带领大家齐动手，开荒种菜。别看这一篮子蔬菜长相不咋样，可保证都是放心菜！"

"放心书"与"放心菜"带给我的是伤心、寒心、揪心。看啊，我们教材的品质与蔬菜的品质已令人失望到了何和程度！如果我们社会中的每个成员都只能指着自己的专长吃饭——善打井者才有水喝，善捕捞者才有鱼吃，善盖房者才有屋住，善织布者才有衣穿，善医术者才有命活——那么，我们所居住的人间是不是就该有个别名叫"地狱"？

看过一组惊心动魄的图片，总标题为《敷衍中的国》，"花花公子""华伦天奴""达芬奇家居"等国际大品牌纷纷折戟中国。国人的敷衍之心所分泌出的毒素，可以瞬间将钻石碾成齑粉。

纪伯伦是这样描述职业人应有的工作态度的："从你的心中抽

丝织成布帛，仿佛你的爱者要来穿此衣裳；热情地盖造房屋，仿佛你的爱者要住在其中；温存地播种，欢乐地收刈，仿佛你的爱者要来吃这产物；用你自己灵魂的气息，来充满你所制造的一切。要知道一切受福的古人，都在你上头看视着。"问题是，我们绝大多数同胞都是彻头彻尾的无神论者，不相信有什么东西能在我们的头上"看视着"，除非眼前有一杆枪。

　　自顾自的世界，每个人都已沦为社会的弃儿。

—— 第六辑 ——

这个星球有你

　　现在如果说"做自己"这三个字，恐怕每个人都有很多话要说。当然这里面有支持的，也有反对的，那到底怎样才是"做自己"呢？就像《博弈圣经》上所说的，"生存的游戏就是利己主义和利他主义之间的博弈。"那么我们可以像张丽钧解读的那样来总结，"做自己"其实是教育和本能之间的博弈。当你能用自己所接受的教育，去弱化或者摒弃生存过程中不断暴露出来的本能，那么你定能在"做自己"的同时，也给别人带去些许慰藉，或许还能成为别人生命中的一盏明灯、一轮明月。

不让兰花知道

在一档电视节目中，我邂逅了两个天使般的女童。当她们纯净如叮咚山泉的歌声响起来的时候，她们身后的一头小象开始陶醉地随着节奏跳舞。所有的人，都被这美妙的画面征服了。挑剔的评委也朝她们抛去了青眼。当其中一位评委表示要去她们的家——热带雨林做客时，妹妹含泪提醒他说："你一定要种一颗种子。"在这个舞台上，太多人的梦想都是去某个大会堂开演唱会，只有这两个小女孩，她们的梦想却是种树，是让小象回到它绿色的家。

节目的最后，妈妈也上台了。她黑发如瀑，沉静内敛，浓郁的理想主义气质使她看起来光彩照人。我眼睛一亮——这个女子，我曾在一份画报上见过！我紧张地望着屏幕，担心她会怆然泪下。然而，她在笑，始终在笑。

看到她，就想起了那个引领了她、滋养了她的德国男人马悠博士。

18岁那年，马悠开始为德国一位环保领袖开车，一颗"绿巨人"的种子，就是在那时播种到他的心田的。马悠是一位"天赋籽权"主义者，他带着宝贵的研究课题来到西双版纳，成立了"天籽生物多样性发展中心"。西双版纳大片大片的人造橡胶林，在马悠博士的眼里无异于"上帝的诅咒"——在热带，物种单一就意味着灾难。这位"雨林再造之父"开始焦灼地着手热带雨林的修复和再造工作。

马悠博士说，世界上有两万种兰花，西双版纳有五百种。珍奇罕见的兰花，多长在雨林的枯树上。马悠每天都要去寻找那些从高处跌落下来的兰花，然后，把这些娇贵的植物运回实验室里培植繁衍，两年后，再一株株地绑回到雨林的树上。这样，兰花的家族就可以不断壮大。

马悠的浪漫史开始于一场晚宴。宴会上他对一个中国女子一见倾情，便送了她一件独特的见面礼——为她弹奏一首钢琴曲。他们幸福地走到了一起。并且，他的妻子义无反顾地爱上了他的所爱。

他们种树。

他们兴奋地掐算着，如果能活到 120 岁，就可以看到自己手植的树苗成林。

她这样评价他："他介于英国查尔斯王子和巴西农民奇科蒙德斯之间。"他们共饮着生活赐予的琼浆，感恩上帝的精妙安排。他们的一双爱女相继降生人间。两个女孩赤足奔跑在森林般的庭院里，琅琅齐诵《道德经》。她们的玩伴是小狗小猫以及林中的昆虫。

十年的日子，在痴望绿色、勾勒绿色、培植绿色、守护绿色中迅跑而过。然而，在追梦的路上，马悠却猝然倒下，将妻子和两个女儿撇在了雨林中。

马悠埋骨于亲手植树的山坡——就算化成一抔土，也要与他深爱的树厮守在一起。他不会知道，他无助的妻子有时会独自来到他的墓前，与那个冥冥中的人共饮一杯红酒。她躺在一棵马悠最爱的树下，以被烧灼过、炙烤过，又被怜惜过、拯救过的土地为床，独自睡去，独自醒来。

亲密战友的抽身离去，把她的心掏了个永难填满的洞。

当被问及是否想退却的时候，她说："人是有债的，现在，马悠的债在我身上。"现实中，她常被摆在一个个无奈的事件面前。比如，有几个年轻人，晚上回家看不清路，就"灵机一动"，把她和马悠种的几十亩林地点着了——他们把马悠夫妇的"肋骨"拆下，当火把来烧。

她与荒蛮博弈。

她与愚氓博弈。

沉静的她，带着两个移植了父亲梦想的女儿住在雨林里。三个人一起唱着马悠生前最喜欢唱的歌，做着马悠生前最喜欢做的事。她们不想让兰花知道，那个常在高高的树下奋然救起坠落的自己的人已然离去。作为马悠的替身，她们一起在雨林里小心翼翼看护着他那个来不及做完的梦。她们把保护雨林、再造雨林当成了一部与生命等重的经书来诵读。

"大不了，我就当墓志铭"，她这样说。

我不愿意听一个背负着拯救"地球之肺"使命的人说出这么沉痛的话。我想，当不再有人爱怜地捧起枯树上跌落的兰花，那么，人类的跌落，必将成为一件被所有残余物种额手称庆的事。

每一只鸟都是我的情敌

那时还没有照相机。

一个叫奥杜邦的男孩，疯狂地爱上了天空中的飞鸟。在美国宾夕法尼亚州一个叫米尔格鲁夫的乡村，他过上了与飞鸟为友的生活。他终日跑田野，钻森林，目光痴痴地追随着一个个翩然而过的轻灵身影，内心鼓荡着隐秘的快乐与忧伤。那些鸟，翅膀染着霞光，飞翔或安憩，都美丽得令人窒息。

他拿起画笔，开始了一项浩繁的工程——绘鸟。

野火鸡、美洲鸳、红肩鹰、白鹈鹕——他把这些可爱的精灵请到画纸上。他带着饱满的激情作画，笔触细腻，技法精湛。他绘的鸟都是动态的，或舒羽展翅，或俯冲猎食，或独自引吭，或相向唧啾，或轩昂漫步，或垂首凝思，或夫妻缠绵，或母子情深；并且，这些鸟，无一例外地被安排在了花香四溢抑或佳果飘香的环境中。他用了"巧密而精细"的近似中国工笔画的画法，一羽一翼，一花一石，无不精思巧构、精雕细琢。每一幅画中都有他怦怦的心跳。他的目光，始终与他的挚爱不离不弃。

这时候，一个叫露西的少女悄悄走到他身边，和他望向了同一个方向。

他们幸福地结合了。

他们的家一迁再迁。始终念不好"生意经"的奥杜邦，在商界混得一塌糊涂。他的心思全在绘鸟上了。为了追踪一只飞鸟的行踪，他可以抛却手头的一切工作。他爱鸟爱到了痴迷的程度。

经过几年废寝忘食的工作，奥杜邦已完成了200多幅野鸟图谱。但是，那些画却不幸被老鼠咬烂了。眼看多年的心血毁于一旦，奥杜邦说："强烈的悲伤几乎穿透我的整个大脑，我连着几个星期都在发烧。"但他并没有因此罢手，而是以加倍的热情重新开始了绘鸟工作。

鸟勾走了奥杜邦的魂。仿佛他前世就是一只飞禽，这辈子注定了要与这些带翼翅的生灵厮守。露西说："每一只鸟都是我的情敌。"奥杜邦对于鸟的狂热，达到了令常人难以接受的程度。他争分夺秒地绘鸟。他说："我一直在工作，我真希望自己有八只手来绘鸟。"

奥杜邦34岁那年，法院宣布他破产。

什么样的厄运都熄灭不了奥杜邦绘鸟的热望。他带着自己心爱的北美野鸟图谱，辗转去了英国。那里的人们睁大了惊异的眼睛，打量着这个来自美国的樵夫般的绘鸟人，那些从异邦飞来的或优雅或阴鸷的奇妙物种，瞬间征服了太多倨傲的心。达尔文有一段珍贵的文字，是描写这个时期的奥杜邦的："奥杜邦衣服粗糙简单，黝黑的头发在衣领边披散开来，他整个人就是一个活脱脱的鸟类标本。"

晚年的奥杜邦，双目几近失明，但他依然以赏鸟、绘鸟为乐。66岁那年，他走了，却将一份丰厚的礼物留在了人间。他绘的鸟，比真实的鸟拥有更长的翅膀和更久的生命——200多年来，人们摹拓他的作品，出版他的作品。这些鸟，扑啦啦飞遍了世界的各个角落。"奥杜邦"这个名字也成了爱护鸟类、保护生态的代名词；而他以付出双眼乃至生命为代价绘制出的每一张鸟图，都被人视若珍宝，《北美野鸟图谱》珍本在纽约克里斯蒂拍卖行拍卖到880万美元的天价，从而成为"世界上最贵的书"。

　　我的案头，摆放着奥杜邦中译本的《鸟类圣经》。我在鸟语花香中流连迷醉。我认真区分8种麻雀、13种啄木鸟的细微差别，忘情倾听奥杜邦讲述的精妙绝伦的鸟的故事。当我的一个朋友告诉我他要去北美考察时，我激动万分地对他说："如果可能，就去一趟米尔格鲁夫吧！去奥杜邦当年行走的乡间小路上走一走，去看看露西的'情敌们'是否安然无恙！"

不焚身，不甘心

悲伤的父亲坐在我们对面，眼角带着泪花。他说："我们全家商量好了，放弃手术。"

我们谁都没搭茬。

他接着说："车祸造成孩子颅内出血，内脏都有不同程度损伤，但这问题都不大，最要命的是伤到了脊椎，脊髓断裂，就算是手术成功，也要高位截瘫，生活不能自理；肇事司机家境也不富裕，他开的是别人的车，那车只交了'交强险'，司机说他准备去坐大牢了；我是个残疾人，孩子的妈妈又体弱多病。长痛不如短痛吧。唉，往后老师们也就别再惦记着他了——"

半晌，有个老师问："孩子一直处于昏迷状态吗？"

悲伤的父亲说："昨晚清醒了片刻，叫了声'妈妈'，迷糊中还说'要橡皮'——"

我流泪了。

我们都流泪了。

我想问："如果孩子再清醒一点，如果孩子开口恳求'救救我吧'，那可怎么办？"但是，话抵到舌尖，又被我强行咽了下去。毕竟，这或许是这对悲伤的父母所做出的最明智的选择。

大约三个钟头之后，悲伤的父亲又来了。他说："真对不住！我们又开了个家庭会议，我们决定把家里的两头奶牛卖了，孩子的舅舅说要把自家的房子卖了。我们要给孩子做颈椎手术！"

我们几个人几乎同时冲过去，拉住了那位父亲的手，大家一起笑着，但每个人，都已泪流满面。

我们把那袋捐款拿了出来。直到这时我才明白，它们，压根就不是为了别的目的聚拢到一起来的。它们就是为了牺牲而来，每一滴水，都怀着扑灭冲天大火的热望，不焚身，不甘心。

这个星球有你

彭先生打来电话，邀我去西部教师培训会上开展讲座。尽管与彭先生仅有一面之交，但我还是愉快地应允了。

撂了电话，翻一下工作安排，发现居然与一个会议撞车了。连忙打电话向操持会议的人请假。对方沉吟了片刻，半开玩笑地扔过来一句："去走穴？"问得人火往头上拱，又不便发作，赔着笑说："跟商业不沾边。组织者提供交通、食宿费用，不安排旅游。我的讲座是零报酬。"对方听了，用洞悉一切的口吻说："哦？零报酬？那不是他们太不仗义就是你太仗义了吧？来这个会还是去那个会，你自己掂对吧。"

我好难"掂对"！

我跟自己说："何苦来？背着一口黑锅去搞什么鬼讲座！"可是，答应了的事又怎好反悔？我需要寻觅一个推掉讲座的充分理由。

我上网搜索彭先生的背景材料。

彭先生本是名牌大学的高材生，毕业后到天津市某家知名软件公司做软件企划。朝阳的年纪，做着一份朝阳的工作，惹来许多人艳羡。但是，突然有一天，他毅然决然地辞去工作，做了一名自愿"流放"西部的 IT 人。

促使彭先生下决心去西部的，是一对苦难的母女。

一个冬季的傍晚，彭先生从公司下班回家，发现车胎没气了，便把车推到一个修车摊去修理。三九天气，刀子风刮得人脸生疼。为他补胎的是一个进城打工的女人。女人身边，是她五六岁的女儿。小女孩渴了，一直缠着妈妈要水喝。但妈妈忙着锉胎、涂胶，腾不出手来给女儿弄水。小女孩见妈妈实在顾不上自己，便趴在试漏的水盆前，小声地问妈妈："妈妈，这盆里的水能喝吗？"没等妈妈回答，渴极了的小女孩居然把头伸向了那飘着浮冰的脏水盆——这一切发生得那么突然，彭先生的心被揪疼了。他赶忙跑到最近的一家商店，买了几瓶牛奶，以最快的速度跑回来交到小女孩手中——

第二天上班后，整个上午，彭先生全身都在发抖。他事后说："在离我们公司不到五百米远的地方，竟有如此苦难的事情发生！而我却坐在有空调、有暖气的办公室里——这件事是一个导火索，它把我几年来想好的事情一下子提前了；或者说，好比是一个朋友打来电话，让我赶紧去做更应该做的事。我再不能等下去了！"

他于是去了甘肃省那个叫黄羊川的地方，义务支教，分文不取。

当他坐在一户王姓人家的炕头，吃着读到四年级就因贫困而辍学的女孩烤的土豆时，他哭了。

当他在另一户人家，听到一个做了母亲的人说因为没念完书而一直后悔着、怨恨着时，他哭了。

通过努力，他让黄羊川的中学生每周吃上了一次肉。

通过努力，他让黄羊川连上了互联网并拥有了自己的网页。

因为看到了这样一个事实：越穷越不重视教育，越不重视教育越穷。他决心用教育拯救这片土地——

在他的影响下，他的一位在中国气象局工作的同学毅然辞职，来到黄羊川，做了一名长期固定教师。

我原本寻觅拒绝缘由的心，此刻却被亲近的热望塞得满满。在这些故事面前，一口"黑锅"显得多么微不足道！被误解的痛，幻化成一条细到可以忽略不计的蛛丝，无论是随手抹掉或者交付风儿，都可以微笑着接受。

孙红雷有个广告说："我们都是有故事的人。"这句话多么适合彭先生！这年头，有故事的人很多；但是，彭先生的故事却堪称高品位。有故事的人没有四处张扬自己的故事，幸运地分享了这故事的人一直在心中说着那句古语："虽不能至，然心向往之。"我不知道那些津津乐道于"血酬定律"的人该如何从学术的角度解读彭先生的行为，我不知道哪个聪明人能有本事为彭先生的发抖和流泪标价。《博弈圣经》上说："生存的游戏就是利己主义和利他主义之间的博弈。"利己的人，喜欢用"本能"为自己开脱；利他的人，却不好意思用"本能"给自己贴金。"本能"，是生命所接受的教育总和在某个瞬间的大暴露。有的人，利己是本能；而有的人，利他是本能。这就可以解释为什么有人一听到"讲座"这个词，第一反应就是酬劳，而彭先生一看到别人受苦挣扎，拯救的欲望立刻就主宰了他的生命。

我决意充当那个可有可无的会议的叛逃者。我决意把多年淘得的教育真金悉数献给西部。我决意将新出版的书赠予那些与我今生有约的西部同行。

我发给彭先生的短信是："这个星球有你，我多了一重微笑的理由。"

他紧紧握住那只指戳过他的手

1850 年 8 月 18 日夜，月辉遍洒巴黎。

一辆出租马车，将维克多·雨果先生送到了博永区福蒂内林阴大道 14 号。先生轻叩门扉，被擎着蜡烛的女仆迎进了门。先生注意到，女仆在哭泣。进入客厅时，遇到另一个女仆，她也在哭泣。先生关切地询问，被告知："他已经奄奄一息。夫人回到了自己的房里，医生从昨天起就撒手不管他了——教士来过了，给他做了临终涂油礼——他过不了今夜了——"

穿过陈设富丽的厅堂与铺着名贵红毯的走廊，雨果先生来到了卧房，看到了躺在桃花心木病床上的巴尔扎克。

他眼中的巴尔扎克已然变成了这等模样——"脸呈紫色，近乎变黑，向右边耷拉，没有刮胡子，灰白的头发理得很短，眼睛睁开，眼神呆滞"。这个被心脏病、哮喘百般折磨的病人，此时双目已近失明，左腿也出现了坏疽，脓水不断地从伤口冒出。房间里弥漫着令人难以忍受的腐臭气息。

雨果俯到床前，掀开毯子，握住巴尔扎克的手。他发现，这只手布满了汗液。他紧捏这只手，但它对挤压没有任何反应。然而，握住它的人并没有马上放开它。

就是这只布满汗液的手，曾经恶意指戳过握它的人。

那时的巴尔扎克，是法国文坛一颗崭露头角的新星——"他是个壮小伙，目光炯炯，穿一件白色背心，一副走江湖卖草药的架势，屠夫的穿戴，镀金工人的神情，整个看起来是个不可思议的人物。"（安东尼·封塔内语）这个曾在一尊拿破仑石膏像底座上写下"他用剑没有完成的事业，我将用笔来完成"的狂傲自负之徒，目空一切，恃才放旷，经常与朋友开一些粗俗的玩笑。与他同时代的作家乔治·桑曾经批评他，素日谈吐都是些"荒唐的傻话"。他曾捕风捉影，在大庭广众之下信口评说雨果的私生活；他曾在报纸上尖刻地批评过雨果的剧本《欧那尼》；他还曾当面指责雨果放弃"法国贵族院议员"的头衔是哗众取宠——这位现实主义首领对那位浪漫主义领袖所表现出的不屑一顾甚至敌意，令整个法国文坛为之咋舌。

巴尔扎克对奢华有着近乎病态的迷恋——他狂热地添置贝雕床具、名贵地毯、青铜塑像、中国瓷器等家当，除此之外，他还常常把钱花在令人匪夷所思的地方，例如，购买黄手套——不知为什么，他特别钟情黄手套，曾经一次购买过 12 副黄手套；他购买手杖，金手杖、镶嵌着宝石的手杖，都是他的最爱，一时间，"巴尔扎克的手杖"竟成为了巴黎人的谈资甚至笑柄。

巴尔扎克的粗鄙无礼、不可一世以及他令人妒忌的日渐飙升的名气，必然地将他推到了一场可怕围剿的中心——出版界巨头布洛兹发动法国作家们发表联合声明，群起谴责巴尔扎克。连大仲马和欧仁·苏都在联合声明上签了字。只有两位文坛巨匠保持了可贵的缄默，一位是维克多·雨果，一位是乔治·桑——

在雨果探视巴尔扎克两个钟头之后，巴尔扎克走了。

在巴尔扎克的葬礼上，雨果先生沉痛地宣读了著名的《巴尔扎克葬词》。他称巴尔扎克为"惊人的、不知疲倦的作家、哲学家、思想家、诗人、天才"。他说："奥诺雷·德·巴尔扎克先生在最伟大的人物中名列前茅，是最优秀的人物中的佼佼者。他才华卓著，至善至美……"雨果先生欣然忽略了巴尔扎克的"短板"，而将无比激赏的目光深情地投向了他的"长板"。

雨果，用大爱与大善拥抱了世界。他博大的怀抱里有苦役犯冉阿让，有敲钟人加西莫多，有笑面人格温普兰，有对他睥睨不敬的巴尔扎克，更有被他的法兰西同胞"大肆劫掠、纵火焚烧"的中国圆明园……

雨果说过："善，是精神世界的太阳。"雨果的太阳，穿百载，越万里，慷慨照耀着那些心中落了霜雪的人；身心暖透的时候，让我们也幸福地折射太阳的光芒吧。

今夜你不必盛装

　　"今夜你不必盛装。"这是一个男人对他热恋的女友说的一句话。他约她出来，特地叮嘱了这样一句话。她是一个常人眼中不配拥有真正爱情的"康康舞娘"，盛装是她每夜的职业装束。但是，他偏偏就爱上了她，爱上了盛装后面那个孤苦的灵魂。他要抚慰这个灵魂，他要在直面的状态下抚慰这个灵魂。他不希望看到华服遮蔽起来的悲苦。

　　这是一部电影中的情节。远远地坐在这个情节之外，我心里泛起一股又酸又暖的感觉。

　　我问自己：爱究竟最在意什么？爱又可以忽略掉什么呢？

　　说到底，爱是一种彻骨的怜惜。当你倾慕着一个人、仰望着一个人，见到那人时，心里装满了无尽的快活，跟那人说句话，眉里眼里都漾着笑，满足感牢牢地攫住你，让你着实感到这世界的艳丽美好——如果仅仅是这些，那就不能算作真正的爱，充其量，只能叫作喜欢罢了。爱是一种伴随着痛感的心理体验。不管那人多么得意、多么耀眼，你心里却缭绕着一股驱不散的莫名的怜惜。怜惜那人的境遇，怜惜那人的遭际，即便那人的境遇与遭际是惹得满世界人艳羡的。你就是不能说服自己放弃那一份累赘般的忧伤悲悯，在不该操心处操心，在不该垂泪处垂泪。

爱，总指望着自己独具慧眼，看到那连被爱者本人都未曾察觉到的一小块悲苦的苔藓。我认识一颗卑微的心，痴痴惦念着另一颗骄矜的心。那颗骄矜的心被捧到了云端。当那颗卑微的心小心翼翼奉上自己真实的哀怜时，骄矜的心跋扈地将它误读成了早已厌倦了的恭维；后来，骄矜的心从云端跌落下来，它本能地要躲进卑微的心所编织成的哀怜里避难。卑微的心哭了，它说："上帝把我安排得这么低，原来是为了让我接住坠落的你。"

习惯了对我在意的人说："我疼你。"疼你，是怕你痛，更是一种先你而痛的感觉。在你的痛还远未萌芽的时候，我的心，就不由分说地率先担当起那痛了。我愿意用这慨然的担当，悄然化解那觊觎着你的痛。

惶惑的时候，就模拟着爱人的调子在心里默诵起叶芝的诗："当你老了，头发白了，睡意昏沉，炉火旁打盹，请取下这部诗歌，慢慢读，回想你过去眼神的柔和，回想它们昔日浓重的阴影；多少人爱你青春欢畅的时辰，爱慕你的美丽，假意或真心，只有一个人爱你那朝圣者的灵魂，爱你衰老了的脸上痛苦的皱纹……"这美妙的诗句原不是为你而作，但是，当你在冥想中被它轻轻覆盖，你付出的所有怜惜便都泛起了一层幸福的柔光。

在深爱着你的人面前，你不必盛装，也不必浓妆。你赤裸的灵魂，是为了应和一个深沉的召唤而来。打开自己，向那最善听的耳朵娓娓道出你生命的秘密。只有这个人能够证明华服、胭脂、岁月都不过是你的壁障。那彻骨的怜惜使他愿意欣然忽略掉这一切，只紧紧拥抱住一个本真的千疮百孔的灵魂。

今夜你不必盛装。说这话的男子安慰了世上所有女人的心。

基金会今天有大进账

　　因为工作的关系，我在一个教育慈善基金会拥有了一群好朋友。每次见面，我的心都被感动涨得满满；每次离开，我都已在脑中拟出了一份繁复的行动纲领，一些原先看起来绝对不可能的事此刻变得让我勇于尝试。

　　基金会的会计绰号叫嘟嘟，是一个快乐的女孩，每次见她都是笑笑的，我跟她说："嗨，宝贝，你有一张让人忘忧的脸。"她说："跟着姚秘书长干，不由得你不开心哦！"说着，冲高大温煦的姚秘书长扮了个鬼脸，姚秘书长则报以长者亲切宽厚的微笑。

　　嘟嘟跟我说，对基金会而言，收到善款和发出善款的日子都是节日。"你知道吗？基金会在有大进账的日子里我会唱歌的！"说完，自己先笑得没了眼睛，听到这句话的人也都哈哈大笑起来。

　　"似乎有什么故事吧？"我问嘟嘟。

　　嘟嘟点点头，讲起了这个故事——

　　"那是我刚参加工作的时候，每天都盼着有进账，盼着有大进账。虽然前辈告诫我说：'善款不能分额度大小。几百万元可能只是一个人财产的九牛一毛，而几百元却可能就是一个人的半份家产，在爱心的天平上，它们是等值的。'话虽这样说，我还是觉得大额进账更能调动我的兴奋细胞。

"有一天，很晚了，我接到一个电话，忙问对方：'先生，您是想捐款吗？'对方沉吟了片刻，说：'我不是想捐款，我想让你帮忙找一下你们的理事长。'我有些不高兴，但还是耐着性子将理事长的电话号码告诉了他。我跟对面办公的刘老师说：'唉，看来今天我们不会有进账了。'

"没想到过了一会儿理事长竟激动万分地跑到我们中间，说：'进账！进账！今天有大进账！'我冲到他跟前问：'一百万？'他欢笑着说：'还要多！'啊？还要多？'两百万？'我问。理事长居然说：'还要多！'我不由自主地欢呼起来，说：'再多，我——我就要唱歌了！'大家团团围过来，问理事长'大进账'究竟是几多银子。理事长说：'大进账只能进银子吗？刚才有一位先生打来电话，自报了家门，竟是我久仰的一位大儒商！他说，他刚刚过了六十岁生日，打算退下来。他身体棒、脑子清、有爱心，一直关注并欣赏我们的基金会，还曾以匿名的方式多次给我们基金会捐款。这一回，他决定不捐财物了，他要向我们基金会捐出一份特殊的礼物——十年的岁月。从六十岁到七十岁，他来基金会打工，分文不取！'大家激动地鼓掌；而我也欣然践诺，放声高唱基金会会歌。

"想知道这位捐出十年岁月的先生是谁吗？他就是我们的姚秘书长啊！"

嘟嘟的故事讲完了，我的心却执拗地停在那"大进账"的欢悦中不肯回来。午餐的时候，我与姚秘书长对坐用餐。他不停地问我："需要汤吗？要不要再添点米饭？"温煦体贴，犹如父兄。他有一张名片，职务栏只有简单的两个字："义工。"

　　他来自中国台湾，却甘愿为大陆的贫困孩子奉献十年光阴。从花甲到古稀，多少人专心养生，多少人放浪山水，多少人含饴弄孙，但是，姚秘书长却毅然选择了为不相识的苦孩子奉献十年光阴。

　　姚秘书长告诉我说，他是被基金会的宣言感召来的，基金会的宣言是："我们的一生，大部分的时间在为自己及孩子打拼，但在我们离开世界之前，总要留一点时间及金钱，来为那些我们不认识的人打拼，这样生命才更丰盛，才更有意义。"

我能看见你在暗处鞠躬

见到一位长久不见的退休老教师，我说："您都好久不来学校了。"他说："我也想来，又怕来了耽误你们工作啊！你不知道，有时候我从学校旁边的路上走过，会悄悄向学校鞠躬。我太在意这所学校了！我人生的好光景都跟这所学校连在一起了！"

我的心悚然一惊，想象着他在我们浑然不觉的时候独自朝学校的方向鞠躬的样子，我的眼泪都快要掉下来了。

假期里，1956届乙班的老校友有个聚会。他们想用一间教室，我爽快地答应了。白发苍苍的老人们陆续来了。在课桌前坐好，班长居然高喊"起立"，腿脚不利落的人也努力扶着桌角，颤巍巍地站起来。他们挨个汇报自己的生活状况，像小学生一样认真。末了，他们将自己的专著、译著、老照片、老校徽等献给了母校。有一位老校友，不停地向大家说"惭愧"，因为他没给母校带来礼物。但他表示，回到北京后就将所有发表的文章的"剪贴本"寄给母校。办公室主任忙说："您的剪贴本一定是孤本，太珍贵了！不如您自己保存着吧！"老人听了，不高兴地说："就因为是孤本，才要送给母校呢！放在家里能派上个啥用场啊！"果然，聚会之后的第五天，学校就收到了这位老校友的"剪贴本"，是用特快专递寄来的。

我敢说，这所再普通不过的学校，定然一次次牵他们的魂、入他们的梦。他们何尝不是在天南地北朝着母校的方向深情鞠躬的人？

作为一名教育工作者，我也有怠惰的时候。当听到一个同行说她自己是"敬业不爱岗"，我立刻附和道："我也是啊！"头上压着一座又一座的大山，累得人丢了笑容。"苦海无边，回头没岸"，我这样评说自己的工作。一届届的学生毕业了，自己却永是那"守巢"的人。听一个从学校跳槽到商界的朋友说，有好几次，她在宾馆里碰到一群开会的人，看那神态，看那面色，看那穿着，看那举止，她一下子就猜出了他们的身份，她验证般地问："你们是老师吧？"每一次，对方都给出肯定的回答。她于是不无得意地说："本人会给老师们相面呢！"大家都笑了，我却笑不出来。我的脸上打着"老师"的戳记吗？这是我的荣耀还是我的悲哀？

在辅导学生填报高考志愿的时候，有个女生和她的妈妈直言不讳地对我说："宁可报农大，也不报师范！"我翻书的手陡然停下来，我不知道怎样接这句话，或者说，我不具备接这句话的勇气与智慧，我只能苦笑一下，笑自己的职业被一个深深受惠于这职业的人拒绝得如此干脆。

我总是试图看清源头上站着的那个人。他说人生有三乐，其一就是"得天下英才而教育之"。好想问问他："今天，为什么仇此乐、避此乐的人这么多？"

我的激情，总是在快要熄灭的时候不期然被扇起冲天大火。扇动这星火的，是那朝着学校的方向鞠躬的人，是那将仅有的剪贴本郑重寄给母校的人，是隔着岁月的烟尘笃定地认为教育为人生乐事的人。

我愿意以一种"我不下地狱谁下地狱"的精神死守这块阵地；我愿意倾自己之所能、所有，为那些将"人生的好光景"欣然寄放在这里的人看守好他们的昨天；我愿意为每一个把这里唤作心灵故乡的人赚取新的荣耀，让他们在说出一个校名之后能赢得旁人惊羡的欢呼；我愿意在被别人猜中了自己职业的时候，微笑着告诉他（她）："我是一名特级教师"；我愿意向那些"宁可报农大，也不报师范"的孩子去布道，告诉他（她）有一种职业在沉淀了所有的苦之后会升华为一种罕见的甜；我愿意对岁月深处的孟子说："'得天下英才而教育之'——你这句话说得可真好啊！请允许我做这句话的粉丝吧！"

我怎能枉然领受了你深鞠的那一躬啊？在我飞得很累很累的时候，在我为自己的翅膀寻找休憩的理由的时候，我恰巧看见了你正在暗处朝着学校的方向鞠躬，我便给自己打气道："继续飞，超越累。"

卿卿如晤

最初，她只是他千万个读者中的一个。他在英国，而她在美国。

擅长写爱情的他一直没有结婚；而她，有着自己不完满的家庭。她的丈夫外遇不断，后来，他居然爱上了她的表妹，不得已，他们离了婚。她带着两个孩子，从美国来到英国。就这样，他成了她可以倚靠的朋友。

这一年，他55岁，她38岁。

他们之间有许多密切的往来，但不关涉爱情。

后来，她在英国的签证到期了，摆在她面前的将是离境，而留下的唯一办法就是与一位英国公民结婚。他决定帮助她，给她一份名分上的婚姻。就这样，两个彼此存有一定好感的人被命运安排成了名义上的夫妻。他们谁都没有料到，他们的关系还能往前走一步。

推动他们关系往前走一步的，是一只骇人的手。

一天晚上，她一不留神在家里摔了一跤，双脚骨折了。她被送到医院检查，竟查出了癌症，且是晚期。他震惊了。他突然意识到，苛刻的上帝，要以倒计时的方式计算这件珍贵礼物留存在他手中的时间了。

这是她处境最为悲惨的时候——背井离乡，经济拮据，又身患重疾。她有一张躺在病床上的照片，白发斑斑，双目无神，容颜憔悴。就是在这样的时候，他爱上了她，深深地爱上了她。这位写了太多爱情传奇的作家、学者，终于有机缘幸福地将自身放进了一个真实的爱情传奇当中。

他们的婚礼是在医院举行的。新娘躺在床上，新郎坐在床沿。

婚后，他们"如一对二十多岁的蜜月中的爱侣"，缠绵缱绻，携手送走了一千个美丽的晨昏。

病魔再次向她袭来。她含泪又含笑地走了。

他被孤单地撇在人世间。在那些泣血的午夜，他拿起笔，真实地记录下了丧妻后的大悲大恸。

那是一本写给她看的书，也是一本写给他自己看的书。那本书，被中国台湾一位灵慧的译者译成了中文，书名就叫《卿卿如晤》。

他说，她离去的事实，像天空一样笼罩一切。他是那样绝望。他不敢去他们常去的啤酒屋小坐，也不敢去他们常去的小树林散步。但他又强迫自己非去不可。他失了魂魄，稍一凝神，就是她唤他的声音，如母亲唤她的婴孩——他用自己爱的触须，碰触遍了他们相爱时的丝丝缕缕、点点滴滴。太多不期然的时刻，他的老泪"夺眶而出"。

他以为自己会在这无限悲痛中度过残生，但是，他没有。他如实地告诉她，也告诉世界，在那苦痛持续了十多天之后，他像一个被锯掉了腿的病人，在安上"义肢"之后，居然挂着拐杖开始学习走路了！

他为自己心理状态的好转羞愧不已，"觉得有义务要尽量珍惜、酝酿、延续自己的哀伤"。但是，他又坚定地告诉她说，他不要那样的虚荣。他要带着"女儿兼母亲、学生兼老师、臣民兼君王"的爱妻的那颗心，遵循生活的秩序，从容地活下去。他几乎是哀嚎着告诉世人："一切事物的真相都具有偶像破坏的特质。"真相，惨苦的真相，不由分说地撕碎了我们煞费苦心的美丽构想，把我们不愿接受的一个丑陋结局当作礼物，猝不及防地塞进我们怀里。我们甩不掉它。我们所能做的，就是隐忍地揣着它，凭靠那被我们诅咒了一万遍的"义肢"，步步见血地赶路。

感谢他——伟大的 C.S. 路易斯！他为人间书写了一段最洁净无瑕的爱情；在他远远未曾爱够的乔伊走后，他用多情的笔勾勒出她"小轩窗，正梳妆"的美丽影像；更可贵的是，他勇敢地剖开自己的心，告诉乔伊，也告诉世人，他无意扮演"超级情人、悲剧英雄"的角色，他是普通的"亲人亡故的芸芸众生中的一个"，生活之水不会因岸柳的枯黄而停止流淌，日子照样还得过下去，就算是"取次花丛懒回顾"，也要硬着头皮朝前走。

所以，他在书的结尾处引用她的临终遗言，意味深长地说："我已经与神和好。"

每个人，不都是被生活"截肢"的独脚汉吗？"缺失感"啮噬着我们无辜的心。洗澡的时候、穿衣的时候、坐下的时候、起来的时候，甚至躺在床上的时候，对永别了的亲爱的肢体的"怀念"悄然劫掠了我们，心中的苦味决堤般涌来，让我们痛不欲生；但是，蜿蜒的路，却赶来喝令我们悲苦无告的脚，逼我们将"行走"视为必做的人生功课。这时候，如果我们愚鲁地选择"与神为敌"，就连那走远的人，都会在冥界为我们哀哭，不是吗？

爱的容器

发现自己的身体是一个爱的容器，这是一种奇妙的感觉。

给予我这样美好提醒的，是来自中国台湾的一位老太太。她认真地看着我，说："你有能力启动别人柔软的心，因为你的身体恰如一个爱的容器。"在这诗一般的句子面前，我有一点惊慌失措，我不知道有着这么浓郁抒情色彩的句子居然可以用聊天的口气缓缓送出。我惊喜地张大了眼睛，像打量陌生人一样上上下下打量自己，打量我借居的这件非凡的爱的容器。

这件容器原是我善感的灵魂获赠的一样无可替代的礼物啊！我住在里面，住成神仙。

我是一个善于爱的人吗？好多次拿这个问题向自己索取答案，而每一次的答案都与先前的答案有着些微的差异。我往往不是用自己的心来应答自己的嘴的，而是临时借来一双自己正在意的眼睛，用那双眼睛挑剔地审视我。

我看到有一双眼睛在对我说：你自然是世间最善于爱的人啊，你在每一个春天里悸动，看见美丽的花朵，就生出礼赞的热望；你与潭水深情对视，直到让眸子染上它的深绿。你的爱，生动着、摇曳着、刷新着，不会蒙尘，不会霉变，你正拥有着世间高品质的爱呢。

而另一双眼睛则会说，你不是一个恒温的爱者。你爱得那样自我、那样率性。爱的时刻，"灵台无计逃神矢"，你恨不得把自己的生命都典当了。哲人说，爱是一种犯傻的能力。你犯傻的能力似乎格外高强。总以为这一回定然与先前的迥异，值得拼却了一切。但是，是什么让你陡然扭转了脸？清泪中，爱，一羽一羽无可阻挡地凋零。你不明白，爱的半衰期何以来得这么迅疾！

那是谁的眼睛？正幽幽地说出这样的话语——到什么时候，你才能修炼来节省着使用自己的爱的本领？你顶擅长的伎俩似乎就是将爱倾洒、倾倒、倾泻。你从来都不惧怕用完自己的爱吗？你把心剖成了那么多片，遣它们成舟，让它们承载着你的哀伤、牵念、祈祷、祝福义无返顾地远航。岸上的你，再怎么收拾，也不可能收拾起一个完整的自己。

——究竟，我是不是一个善于爱的人呢？

我在诗心、爱心和操心中发现着我自己。一个兴致勃勃只想盛放爱的容器，在被误读、被辜负、被伤害的同时，也被理解、被欣赏、被珍惜。很喜欢自己快乐的模样，每次照相，都愿意给镜头一个灿烂的笑脸；总渴盼着自己是个最善于撷取的人，秋天给了我一座萧瑟的森林，我却从一棵忘了季节的小树上邂逅了春天。谁有幸听到了我内心的欢呼？那赤子般的欢呼荡涤着我的整个生命，让我情愿一次又一次掏空了自己——为答谢一只鸟在天空中偶然划过的一声啼鸣，为回报一朵花穿越漫漫寒冬赠予我的一句爱语。

我张开想象的翅膀，试着将这件容器改换形状——设若它是一个碗，那就欢悦地盛放天地的恩赐吧；设若它是一只觞，那就忘情地流溢岁月的琼浆吧！盛放着什么固然重要，但更重要的是感受着这幸运盛放的细腻的心。

　　爱的容器，得之于天，终将还之于天。借居的日子里，让我天天保持惊奇，让我受宠若惊地住在里面，住成神仙。

孩子，你一定要认识"海豚之父"

　　20世纪60年代，美国电影演员里克·奥巴瑞正值年轻，英气逼人，在影片《海豚的故事》中，他饰演男一号。由于影片中人与海豚的亲密故事打动了太多人的心，所以每周五晚上里克都要携海豚为慕名而来的人们表演。似乎，那就是世界上最早的海豚表演了。里克跟他的海豚配合得出神入化。在日复一日的亲密接触中，里克越来越懂得海豚，也越来越喜爱海豚。有一次，他将正放映着他与海豚表演节目的电视机搬到了海豚池边，一只名叫"凯西"的海豚欢快地游过来看电视，它居然能将自己与另一只跟它一起表演的海豚准确地区分开来。海豚表演为里克带来了滚滚财源，他每年都要买一辆崭新的保时捷汽车。这样的日子过了10年。突然有一天，他发现与他共舞的海豚凯西闷闷不乐，他猜想它可能是思念大海了，可他无法为它排解这样的忧愁。凯西越来越抑郁，终于有一天，它游到里克的臂弯，"自杀"身亡——里克坚称那是"自杀"，因为海豚这种高智商动物不但有自我意识，还可以自主掌控呼吸，当它决意赴死的时候，它就自我了断了。凯西的死，给了里克极大的震撼，他没有与任何人商议，毅然将另一只供表演用的海豚放回了大海，里克因此被捕。

走过那个转折点，里克开始亲手摧毁他一手缔造的价值数十亿的海豚表演产业。作为海豚表演的"始作俑者"，他开始疯狂地拆那些步他后尘者的台——他自己掏腰包购买那些被囚禁的海豚，然后将它们送回大海。他为自己买保时捷的那昏聩的10年懊悔不已，恨不得追回那些被无谓浪费掉的金钱，用以解救在苦难中挣扎的海豚。他拿出充足的证据，证明被困于水族馆的海豚普遍患有胃溃疡、抑郁症等疾病，他坚持认为海豚不应该过囚徒般的生活，他说池中海豚那张似乎永远在微笑的脸是"大自然中最高明的伪装"。35年间，他和他的合作伙伴动用直升飞机、无人驾驶飞艇（飞艇的名字叫"凯西"），甚至曾想过征用卫星，像寻找被拐卖的骨肉一般寻找被困池中的海豚。他的手机响个不停，提供线索者一个接着一个。镜头追踪着他和他的伙伴，他们星驰赶赴尼加拉瓜，去解救那里被困于狭小池中的两只海豚。他们调遣了军队，大家像抬棺材一样抬着一个巨大的盛放海豚的"担架"，悲壮地将它们送回了大海。一条被驯养的表演海豚，每年最多可以帮主人获取100多万美元的高昂利润。里克堵死了别人的财路，所以他被驱逐、被恫吓、被逮捕，甚至眼睁睁看着同伴惨遭虐杀，但是，他丝毫没有动摇过。

里克说，海豚是"听觉动物"，它的听觉远胜于人类的声纳技术，海豚在水中能"看见"潜水者的心脏，还能"看见"孕妇腹中的胎儿。古希腊有一条奇特的法规，杀死海豚的人会被处以死刑，因为海豚是人类忠实的朋友，海豚救人的故事屡见不鲜。

年届古稀的里克听到一个传说，说在日本太地町一个叫"海豚湾"的地方，每年都要交易、杀戮数万只海豚。他震怒了。他立志弄清真相，进而阻止这种惨剧的发生。他和他的伙伴带着摄像器材、潜水用具等 47 箱行李来到了神秘的太地町。看上去，那简直就是一个酷爱海豚的小镇，可爱的海豚图标随处可见，连小船都是海豚造型。里克他们的到来，引起了吃"海豚饭"的人们的高度怀疑，就算他们乔装打扮，也甩不掉那些影子般的盯梢。他们被警告、被驱赶，罪名是擅自闯入了"私人领地"。里克他们就像地下工作者一样，昼伏夜出，高度警惕，冒着生命危险在海豚湾一带的山石上安装了隐蔽性极强的摄像机。真相横陈眼前——当地渔民利用海豚听觉异常灵敏这一生物特性，将渔船一字排开，用噪音布下一张看不见的网，驱逐海豚群游向"U"字形般的海豚湾。被驱逐到海豚湾的海豚面临两种命运：幼年的宽吻海豚将被卖到世界各地的水族馆，被驯养为表演海豚；其余大量的海豚将惨遭杀戮，就算海豚体内汞含量严重超标，也会被黑心的商人标注为"鲸鱼肉"去牟取暴利。海豚进入海豚湾，就像进入了可怕的地狱。镜头中有一条受伤的海豚，不甘心地挣破了一层层拦截网，奋力往外冲，它甚至向岸上的人投去了求救的目光，但是，它越来越体力难支，终于死在了游回大海的途中。成千上万条海豚被刽子手们残忍地用鱼叉叉死，海豚湾的海水变成了鲜红色……

国际捕鲸委员会会议正在进行，道貌岸然的委员们无耻地用假象为自己辩解。里克突然出现在会场，他在自己胸前绑了一部电视机，电视机里播放着令每一个委员大惊失色的血腥画面……绑着电视机的里克又走进繁华闹市，让路人看清真相，为海豚发出呼号……里克的海豚保卫战还远未结束，太地町的罪恶还在继续。我将悲愤的自己摆在这部叫作《海豚湾》的纪录片前，在心里一遍遍默念着里克·奥巴瑞的名字，这个侠骨柔肠的"海豚之父"，是我心中顶天立地的大英雄。这是一部令我不忍独享的影片，我在第一时间就隆重地向我的学生推荐了它，我写给孩子们的推荐语是：

萧郎华年，幸遇凯西，一啄一饮，引魄牵魂。

十载欢舞，一朝梦醒，迁情同类，心许精灵。

尊之如长，怜之如子，图圄救困，碧海放生。

年届古稀，仗剑东瀛，寄命小镇，拼死求真。

戳穿谎言，起底元凶，撕破假象，呈示血腥。

铮铮硬汉，逐浪而行，罪恶不止，奔走不停。

悠悠慈心，日月可鉴，人间正义，永续永生！

第七辑

舍我一些花籽

　　有数据显示，现在年轻人养宠物的特别多，猫、狗自不必说，就连植物都被划入了宠物的行列。当年轻人看起来有了老年人的喜好，开始侍花弄草时，这也许并不是玩物丧志，反而是对自我的疗愈。因为当你种下一粒种子，为它浇水、施肥，待它从一根小苗开始生长、开花、结果，那每一个瞬间都是生命的见证。而你在见证生命奇迹的过程中，也会得到治愈和抚慰！

谁能脱口叫出你的芳名

　　"操场那边有一棵不知名的树，开红色的花，我们管它叫'高考花'，因为它一开花，就要高考了；西门旁边长着一片绿色的低矮植物，开白色的花，我们管它叫'开学花'，因为它一开花，就要开学了……"这是高二的一个才女写的一篇作文。头一回看到有人为花取这样的"绰号"，忍不住笑了起来。但笑过之后，又忍不住想跟作者说："你为什么竟舍不得走到那些植物跟前，去看看标牌上标注着的它们的芳名呢？"这样想着，红笔就分别在"红色的花""白色的花"处画了圈，扯至页眉，郑重书曰："合欢花！玉簪花！"

　　我友之子果果，三岁时，即能准确无误地指认出大街上跑的30多种车，还能够分辨出20多种不同牌子的空调。但是，没有人教果果认识身边的花草树木。

　　去一家苗圃选花。被告知那些花木分别叫"金娃娃""富贵竹""招财草""元宝树""摇钱树""发财树"——我呆了。它们原本都不叫这名字的，是时代赋予了它们这金光闪烁的名字。我想知道花木的感受，它们接受这名字吗？不接受的话会选择怎样的抗议方式？

　　只要听到一声鸟啼，我就会问自己："这是什么鸟呢？"我曾经跟一个爱鸟成痴的朋友说："你开一个网站吧，就叫'鸟啼网'，网友随便点开一种鸟，就能听到它的啼鸣。"我多么渴望有这样一个网站呀！我的家乡有一种鸟，叫声响亮而悲切，外祖母管它叫"臭咕咕"，母亲管它叫"野鸽子"，妹妹说老师讲那是"斑鸠"，有个朋友肯定地说那是"大杜鹃"——真恨不得飞上树梢，脸对脸亲口问问那咕咕啼鸣的鸟："亲，你究竟叫什么名字？"

"花非识面香仍好，鸟不知名声自呼。"莫非，苏轼也曾有过我这般的困惑纠结？看到不认得的花，问它："你是谁？咱们未曾谋过面啊，却为何对我这般笑脸相迎？"听到不知名的鸟鸣叫，就猜："它一路呼唤着的，即是自己的芳名了吧？布谷不就痴情自呼吗？鹧鸪不就痴情自呼吗？"

在迁西县城见过一只神奇的鹩哥，小东西居然会惟妙惟肖地模仿警笛声！被囚笼中的它，旁若无人"呜儿……""呜儿……"地鸣着警笛，围观者愈众，它鸣得愈亢奋。我以为我是懂它的——它只是在跟自己逗闷子，而不是像有人所说的那样在耍威风。

永远忘不了在梵净山看到的一块警示牌，上面赫然书曰："我们并不是这里的主人！"是啊，与人类的到来时间比起来，草木来得更早一些，鸟兽来得更早一些。我们没有理由以"主人"自居。当我们以"过客"的身份来到这里，理应向"主人"致意，学会轻声对它们说："谢谢你在这里耐心等我。"

孔子说得好："多识于鸟兽草木之名。"在我看来，鸟兽草木之名，其实是我们自己的别名。万物间有千千结。当我们怀着一颗傲慢到跋扈、轻鄙到无视的心走过鸟兽草木时，我们已经对它们构成了"软伤害"；而这种"软伤害"带来的痛，迟早要蔓延到我们身上。

有人说，叫出一个人的名字，是对那人别样的赞美。那么，对于鸟兽草木呢？谁能脱口叫出它们的芳名？谁还怀有脱口叫出它们芳名的热望？

玉兰凋

几日外出，竟辜负了玉兰花开。怎么就忘了她的花期？若记得，那能不能成为我拒绝此次外出的理由？我说："适逢我家玉兰花开，故不便外出。"这样的请假缘由，会不会被人讥为痴骏？

六株不高也不矮的玉兰树，长在我每日坐守的地方。冬天就给她们相过面了——这株枝上花蕾稠，那株枝上花蕾稀；花开时节，那稀的，可撑得住头顶一方蓝天？操着这等闲心，暗淡的日子里就摇曳起了虚幻细碎的玉兰花影……

抬眼处，我惊呆了——玉兰，正大把大把地挥洒如雪的花瓣。那些硕大的白花瓣，每一瓣都还那么莹洁鲜润呀，她们，可真舍得！仿佛听到了冥冥中的一声号令，趁着容颜未凋，决然扑向泥土。

这六株玉兰，是我见过的所有玉兰中的极品。花开得早，那些灰突突的慢醒植物都还在伸懒腰呢，她们早精神灿烂地在微凉的风中吟诗作赋了；花色纯白，白得晃你的眼，最盛时，满眼是纤尘不染的"白鸽"，在枝上做欲飞状，惹得你大气儿都不敢出；花朵奇大，每一朵花，都大过我平摊的手掌，那年花开，我悄悄拿手去量，被"喂"的一声断喝吓了一跳——是园丁，他以为遇到了窃花贼。见识了这六株美到极致的玉兰花，我品鉴起她们的同类来可就有了底气。遇到一株紫色玉兰花，众人皆赞，我却直接跟树上的紫玉兰对话："你咋弄了件这种颜色的袄子穿上了？学学我家玉兰，穿白色吧——白，是一种无敌的艳。"

黛玉说："花谢花飞飞满天。"说的是那种花瓣菲薄的花，比如桃花，比如杏花，花瓣小过指甲盖，薄到无风都可旋舞，那等花，仿佛就是为谢而开的。玉兰凋，全然不是这样的，它太像一种仪式了，华妙、庄严、神圣，让你生出千缕思、万斛情。你想说"珍惜啊"，话还未及送出口，竟变成了"喜舍啊"；你想接住那跌落的硕大花瓣，手却迟迟没有伸出，你跟自己说："寒素的大地不也正焦灼地等待着承接一种美艳吗？"你为自己冒出的打劫之念愧怍不已。

早年我竟不知，玉兰的花芽居然是在头年秋天叶子脱落之后生发出来的。她要经过漫漫一冬的长跑，方能迎来生命华彩的粲然绽放。有一回在电视上看到一个民间艺人展示他的作品——毛猴。上百只活灵活现的毛猴散布在袖珍的"花果山"上，煞是有趣。后来，艺人开始讲述毛猴的制作过程，竟是拿玉兰花蕾做猴身！我叹起气来，忍不住跟那艺人隔空对话道："猴子无魂，不来扰你；玉兰有魄，借猴鸣冤。"

一直在想，谁，是赐予你芳名的人呢？玉质兰心——除却你，谁又能担得起？《镜花缘》中有"百花仙子"，司玉兰花的仙子是"锦绣肝肠"司徒妩儿。好想知道，今日我眼前这六株玉兰树，在那妩儿的辖区吗？

就在我伫立痴想的当儿，玉兰花瓣仍未停止凋落。树下，铺起了奢华的白毯。瞧她走得多么欣悦！仿佛是欢跳下去的。我想，此刻，如果我叹息，她定会为我的叹息而叹息。在走过一段芬芳的历程之后，她庄严谢幕。我似乎听见她对我说："我苦过、美过、爱过，我的一生，没有缺憾。"

玉兰凋，于我而言，是一个不能忽略的精神事件。有一些艳不可渎的花瓣，直落进了我的生命里……

海棠花在否

春尚嫩，草木未及醒。香抱来一盆浓烈的花，说："海棠，让你眼睛先尝个鲜。"

着实懂我，知我眼馋，送我一盆不嗜睡的妖娆之花。

好稀罕的海棠！铁色枝干，如焦似枯，失尽了生气；而在这焦枝之上，竟簪花戴彩般地缀了一串串娇艳欲滴的花朵。没有叶——保守的叶，或许还在慢条斯理地数着节气的脚步，花们却早耐不住了，你推我搡，捷足先登地抢了叶的风头。仔细端详那花与那枝，仿佛是不相干的两样东西——盛放与焦枯，奇迹般地同台演出，却又精彩得令人击节称赏。

这一盆"迷你"春天，婴儿般吸摄了我母性的心。暖气房太燥，天天提个喷壶，给她殷勤喂水。喷多了，怕浇熄烈焰；喷少了，又怕她喊渴。便忍不住怨她："海棠啊海棠，你总该开个口，为自己讨要一场无过、无不及的春雨呀。"

每日一进家门，心中问的第一句话必是："海棠花在否？"——是韩偓的一句诗呢。青葱岁月里，欢悦地背诵过它；纵然我再善于舒展想象的翼翅，又怎可逆料，那诗句，竟是妥帖地预备了给我用在这里的。璎珞敲冰，梅心惊破，好花前吟诵好诗，在我，是多么奢华的时刻！可笑如我，竟毫无理由地以为，我的海棠花愈开愈妍，定是得了我与韩偓的双重问候。

海棠花没有媚人的香，但这不妨碍我将自己融进她虚幻的香氛里。我安静地坐下来，与她长久对视。我想，如果我是一株植物，如果"焦枯"跋扈地定义了我的枝干，我还会葆有开花的心志吗？明知凋零就潜藏于日后的某一个时刻，我还会抗逆着令人畏缩的萧疏，毅然向世界和盘端出我丰腴的锦灿吗？

"如果说，一朵花很美，那么我有时就会不由自主地自语道：要活下去。"这是川端康成《花未眠》里面的句子。曾有个女生擎了书，认真问我："为什么看到一朵花很美，人就有了活下去的勇气呢？这两者之间有因果关系吗？"这个问题，问得多好啊！我一直执拗地相信，好的问题本身就包裹了一个好的答案，犹如花朵包裹着花蕊一般。我没有急于为这女生作答，或者换言之，我舍不得贸然作答——我愿意将这个问题交给流光。

一朵花，她的象征意义委实值得玩索。当她在浩渺的时空坐标上多情地寻到你，当她以生命的炽烈燃烧慨然地点化你，如果你不曾在这一场特别的约会中汲取到强大的精神能量，你不该为自己的愚钝而捶胸叹惋吗？

绽放，是一笔美丽的债，来人间还债的花与人，有福了。

坐在海棠花影中，想着这缤纷心事，突然不再担忧日后那场躲不过的凋零。当我再小心翼翼问起"海棠花在否"时，即使我听不到枝头那热烈的应答，我也会用想象的丹青绘就一幅空灵画卷，供思想的蝶雍容栖止花间。海棠不曾负我，我亦未负海棠，我还要那些个赘余的幽怨惆怅派什么用场呢？

　　"焦枝海棠"，你喜欢我这样唤你吗？冰欺雪侮，夺了你枝上的颜色，你却以焦枯之躯，勤心供养出酬酢季节的娇美花串。焦枝是你的风骨，海棠是你的精魄。你可知，你至刚至柔的一句花语，怎样幽禁了我，又怎样救赎了我！

花事四帖

海 棠

　　每年春天，海棠花开时节，我一定要寻理由反复路过文化路上那三棵老西府海棠。在这座城市里，她们大概算得上是祖母级的海棠花树吧。每棵树的树干都是丛生挺直，竭力生得更疏朗、更高峻，似乎是为了将数十万朵花开得更阔拓、更豪恣。春风摇蕾的日子里，长久仰望着那花树，巴望能幸运地全程目击第一朵花开。倏忽之间，满树飞花。置身树下，感觉粉白的浪在头顶翻涌。那么鲜润，那么娇妍，与周围灰突突的环境格格不入，仿佛是从另一个粉雕玉砌的世界里快递过来的。谁言"海棠无香"？西府海棠的香是袭人的，那是介于茉莉与槐花之间的一种香，醒脑、沁脾、牵魂。春阳下，我凝视一朵海棠花的花心，顿觉胸中尘滓全无，我湛蓝的心空，如鸽哨般反反复复回响着这两句美诗："二三星斗胸前落，十万峰峦脚底青"。

枣 花

你留神过枣花吗？那是一种淡绿色的小花，甜气颇重。每年枣花飘香，我都能借着她特有的芬芳便捷地怀一次旧。我外祖母家的窗前就站立着一棵枣树。枣花开放的时候，总有野蜂飞来采花蜜，我和表姐便也学着野蜂的样子，采下一把枣花，贪馋地一朵朵舔花蕊。那么一丁点的甜，却又那么尖锐，让味蕾受用得不得了。"簌簌衣巾落枣花"，这是苏轼的诗句，第一次读到它，就欢喜得紧，意念中，那簌簌落下的枣花一朵也没有落在别处，都刚刚好落在了我和表姐的衣巾之上，抖落她们的当儿，上万个日子迅跑而过——记得有一部电视剧的女主人公叫"枣花"，我曾在心里对伊说："不如，你把这个名字让给我吧。"

绒 花

我上下班的路上，两旁种植的是合欢树，当地老百姓喜欢唤它"绒花树"，我也觉得这个名字更恰切、更形象。绒花，就是绒球般的花，成百上千个细细袅袅的"绒针"亲密地攒在一起，攒成一朵微香微粉的花；无数微香微粉的花攒在一起，这条路的"颜值"可就高了起来。绒花盛开的时节，我每每替走在这条路上的人和跑在这条路上的车感到幸福。我妈说过一句"名言"："多在花前走，人也显精神。"绒花树栽种数年，树冠渐见丰腴，路两旁的树在空中热络地牵上了手，我于是拍了一张"绒花隧道"照片，得意地发到朋友圈，引来一片赞声。

怎料我的"绒花隧道"没有被删除，绒花树却突然被删除了。来不及道别，绒花树就集体失踪了，只留下一个个丑陋的洞穴——那天，我恰好讲牛汉的诗《悼念一棵枫树》，不知不觉间，泪水滴落在了书页上。

丁 香

一夜细雨。清晨，我到单位值班。寻常的小路上，一幅奇景赫然入目——我们的五棵老丁香树，每棵树都以树身为圆心，用落花在小路上画了个规整的半圆（另外半个圆没入了灌木丛中）。三个紫色的半圆，两个白色的半圆，就那么静静地摆在雨后干净的柏油路上，惊得我半晌都挪不动脚步。每一个半圆都那么精美，就像卓越画师仔细拿落花拼的画；纤巧的四瓣花朵，经雨润过，未见半点憔悴；丁香的香气那么浓，仿佛伸手抓一把，就能攥出馥郁的丁香精油来。我想唤人来共赏，可惜，偌大的院子空寂无人。我只好将目光投向那制造了这神迹的丁香树，对她们说："喂，假如我不来，你们竟打算私享了这美吗？"

牡丹真美

好友的女儿新婚不久，随丈夫到乡下去探望丈夫的姨姥姥。一进院门，她就大叫起来，因为，院子里有一株跟她差不多高的牡丹，开满了硕大的白色花朵。她顾不上跟姨姥姥过多寒暄，就自顾自地转着圈儿为那牡丹拍起照来。大家都笑她，她也笑自己，但却根本停不下来。后来，一大家子人陪她吃饭，她却忍不住低头翻看手机中的牡丹照片。她没有注意到姨姥姥的离席，甚至也没有注意到老公的离席——临走的时候，姨姥姥送给她十朵半开的白牡丹，嘱她回家插到花瓶里，清水里放一点点白糖，可以开上半个月。她欢喜得要命，不住声地叨咕："牡丹真美！牡丹真美！"回程的路上，丈夫告诉她说："那棵白牡丹是姨姥姥的婆婆过门后亲手所栽，100多岁了；姨姥姥不准任何人碰那棵牡丹，别说摘花，就是揪一片叶子，姨姥姥都要跟那人拼老命；为了讨你喜欢，姨姥姥破天荒亲手为你剪了十枝花！趁你在屋里吃饭，她净了手，在牡丹前烧了三炷香，跪下跟牡丹说：'那孩子可待见你呢！求你舍她十枝花吧！'"好友的女儿是含着泪跟我讲这段故事的，末了，她把手机举到我面前说："你看你看，多美的牡丹！美得跟假的一样！"

这个可爱的故事，被我在心里温习了一遍又一遍。我总忍不住拟想：简陋的农家小院里轰轰烈烈地盛开着夺目的白牡丹究竟是怎样一种情形？在过去的一个多世纪里，这家的房屋定然不止一次翻修过吧？这家的家庭成员定然有过生老病死吧？旱涝虫灾的年份里，这株牡丹定然跟其他的植物一样难捱吧？但是，这一切的更迭变故、灾祸劫难，都没有成为这株牡丹枯焦萎谢的理由。她被爱，她被欣赏，她被视为神物，她始终处于怀抱的中心。她怎敢衰枯？她怎忍心不在每年春天开出最打眼的花？我喜欢这种升华了的人与植物的关系。神圣的善待，将彼此深藏的美都发掘了出来。不管那个农家小院多么简陋寒碜，我都相信那位姨姥姥定然是多福多寿的——为了看护好她心爱的牡丹，为了一年一度的隆重会晤，她必须活得好、活得久。

我问自己："我的牡丹在哪里？"

我愧赧地检视自己的人生院落——我没有看见牡丹。可以肯定地说，这双辛劳的手也曾侍弄过一些应时的花花草草，这颗枯涩的心也曾被多情的春光照耀。但是，跟那位姨姥姥比起来，我的虔心、精心、仁心、恒心是多么有限啊！我没有学会为自己心爱的花儿焚香，没有学会娓娓地跟她说贴心话，没有学会在干渴难耐的日子里还惦记着给她喂水，没有学会在花儿凋谢一秒钟后即开始欣悦地期待来年的花开，没有学会拿出大半生的时光甘心服侍一株植物，没有学会在每一朵盛开的花中幸福地照见自己的面影——我患了可怕的"牡丹缺乏症"。我的病友很多很多。

"神圣感"抛弃我们有多久了？它还会怜惜地返身回来向可怜的我们施以援手吗？我们这些被"物质"跋扈地绑架了的人，精神世界已贫瘠得开不出一朵寒素的小花。夜读木心，听他讲"实在不惯于在地上走，鹰说"，竟兀自笑出了声。我问木心笔下的那只鹰：

"高翔的鹰啊，你究竟俯瞰到了什么？当你看到大地上那些匍匐而行而又自鸣得意的人，你冷笑了吗？"

就在我写这篇文章的时候，姨姥姥或许正在与她的牡丹幸福对视吧？那被插进远方花瓶里的十朵牡丹惹她牵念了吗？那花枝上十处扎眼的伤口惹她心痛了吗？春光正好。我好想飞临那个农家小院，安静地站在姨姥姥身旁，由衷赞一声："牡丹真美。"

我去烟雨湖畔做什么

　　仅有 25 分钟的可自由支配时间。我问自己，我去哪里？嘴上还没给出答案，脚却已将我往烟雨湖的方向带了。

　　这是一个小巧的人工湖。翠山的影子跌进水里；湖周围是木栈道；木栈道的两旁生满了各种亲水植物。我围湖散步，在心里叫着认识的植物的名字，向它们亲切问好；然后对那些不认识的植物说："喂，干吗把名字藏得那么深？"

　　即使闭着眼睛，我也知道自己走到哪里了——西北方向的植物略带甜腥的味道，似乎是那种叫"千屈菜"的植物制造的；再往前走，到了西南角，那里的植物，以艾蒿为主，味道辛中带香；拐过一个弯，到了东南方向，那里植物的味道最为复杂，像调色板上涂满了丰富的颜料，难寻主色调，一丝丝草茉莉的清香潜隐于草香间，稍纵即逝，在这里，我总是不由自主地放慢脚步，纵宠自己的鼻子闻个够；到了东北方向，我可就几乎要跑起来了，因为木栈道的右手边是一条马路，汽油与尘土的味道，迫得人丢了从容。

　　我将那个著名的句子改成了这样——我不在烟雨湖畔，就是在去烟雨湖畔的路上。究竟是从什么时候开始，对这个湖上了瘾？我说不清。反正感觉很久很久了，久到了遇到它之前。记得当年第一次听陈慧琳的《不如跳舞》，听到"让自己觉得舒服，是每个人的天赋"时，忍不住笑起来，心想，这样的"天赋"，成就了多少"天才"呀！今天我去烟雨湖畔，是不是也可称作一种"天赋"呢？

每次去湖畔，都捐弃了一些东西，又获赠了一些东西。

越来越远离那个"无一语不可告人"的自己了。有些话，只愿意说给草木听。每次，我都听见那个湖畔散步者内心的语言汹涌澎湃。那天，凝视水边一种灿黄的花，单瓣，勇敢地裸露着心，突然愧怍起来，对她说："与你比，我是朵'重瓣'的花吧？深深掩藏了自己的心……"不管怎样，说出了就好。说出了，就卸下了。

听熊芳芳老师讲奈保尔的《没有名字的东西》，听她讲那个叫波普的木匠从意兴盎然地制作"没有名字（自然也没有用处）的东西"到垂头丧气地制作"莫利斯式椅子、桌子和衣橱"，米格尔街上所有的人都觉得这个波普越活越靠谱了，但是，只有一个纯真的孩子，悼念般地怀念着制作"没有名字的东西"时的那个无比快乐的波普。下课后，我跟熊芳芳老师说："我就是波普！"嗯，只有到了烟雨湖畔，我才远离了那个垂头丧气地制作着"莫利斯式椅子、桌子和衣橱"的自己，我才被这个温情的"没有名字的时刻"温柔俘获。

东南角那里的菖蒲长得可真茂盛。在菖蒲中，站着一块顶部平整的青石。每次走到这里，我都借意念将自己送至石上，盘坐。那天在星巴克喝咖啡，竟荒唐地想到了这块石头，自问：若是坐在那块青石上喝"拿铁"，眼观菖蒲俯仰，耳闻鸟鸣啁啾，该是何等滋味？

烟雨湖抚慰了孤寂而又疲惫的我。每一个从湖畔归来的我，都是一个重生的我。

"幸好有个烟雨湖！"说出这个句子，又觉得意犹未尽，觍颜为烟雨湖设计了一句台词：幸好迎来了围湖散步的你。

遇到今天的我，你是幸运的

初春时节，我与丈夫到凤凰山去踏青。不经意间，我往水塘上瞟了一眼，看到水面上点缀着一个个梭状的漂浮物，菱角大小，浅褐色，东一个、西一个，像是谁随手抛到水上的；俯身细看时，发现每个"小梭子"都由水底一根细线袅袅地牵着。我纳罕地问丈夫："你说，这究竟是什么东西呢？"丈夫仔细观瞧半晌，哑然失笑道："荷钱儿呀！"对呀！不是荷钱儿，又能是什么呢？只是，未及舒展的荷钱儿居然是这般楚楚可怜的模样，我真是头一回见。几天之后再来看，却见那一个个褐色的"小梭子"已欣然打开了蜷曲的自己，变成铺展于水面上的翠绿荷叶了。看着它们不由分说抢占水面的阵势，不由让人心生快意——是呢，春天不就该这样吗？不谦让，不讲理，先将暗淡混沌的画布涂一层逼人眼目的绿色再说。

荷钱儿不能开口说话，我替它说了："遇到今天的我，你是幸运的。"

周敦颐赞美莲花道"濯清涟而不妖"。曾有个女学生指着这个句子问我："老师，为什么作者说莲花'不妖'？那么，谁'妖'呢？"我被她问愣了，想了一会儿说道："'不妖'嘛，就是说这花不显妖媚之态，它不会魅惑你的手，让你轻易就可以把它摘回家去，它是一种自重的花；谁'妖'呢？芍药'妖'吧——你看，刘禹锡不就有诗道'庭前芍药妖无格'嘛！"站在盛开的荷花前，我又忆起这段有趣的师生对话。其实，"妖"也罢，"不妖"也罢，不过是文人强加于花的一种自我情愫。我单喜欢荷花对污泥的报复！立足于那么污浊的环境，却义无反顾地用完美报复着丑陋。我喜欢在荷塘边的柳荫下小坐，听任那一派清芬涤尽我浑身的庸懦。我殷殷叮嘱自己：看一回荷花，你就要添一些勇气。

荷花不能开口说话，我替它说了："遇到今天的我，你是幸运的。"

溽暑中，我像孩子一样，擎着两支青青的莲蓬，一粒一粒抠着吃白嫩嫩的莲子，就像在欣赏一个荷塘精妙的季度总结。是谁，把荷钱的心思、荷花的心思，一股脑地提炼出来，凝成这一颗颗饱满沁香的子实？这子实，不就是一个池塘的锦心绣口吗？吃罢了莲子，也不要丢掉那空空的莲蓬，带回家，插进花瓶，看它慢慢褪掉青色，用菱顿却不失风致的姿态忆念着远方的池塘。谁见了都会夸："好美的插花！"这时候，你就可以驱遣着思绪幸福地回到那个快乐的日子，向朋友娓娓讲述起一粒一粒抠着吃白嫩嫩的莲子的故事。尽管你仅仅吃了有限的几个莲子，但你心中那美好的回味却是难以穷尽的。

莲子不能开口说话，我替它说了："遇到今天的我，你是幸运的。"

入秋了，带着一丝侥幸去池塘。心说，或许，有一两朵慢性子的荷花，愿意在这秋风乍起的日子里，耐心等我。哪知，我想错了，所有的荷花都不见了踪影，连荷叶都已菱黄残破。我的相机，陡然失去了使命——这般光景，镜头何来胃口？正要转身离去，却见荷塘深处有一叶小舟，两个穿了水鬼服的挖藕人正在那里忙碌。许是挖出了又肥又长的莲藕，他俩齐声欢叫起来。我忙举起相机，将他们欢快的劳动场面拉到眼前。嗬！好多的藕呀！小船上的两个大筐都装满了。那藕，看上去黑黢黢的，被污泥严严地包住了，却让你忍不住想象着它俊白的模样。我一边按着快门一边跟自己说："你好福气，看到了荷花美丽的根由！"原来，夏日里见到的那些撩人眼目的翠叶娇花，竟是打这一截截不起眼的根茎上生发出来的。说起来，这该是件多么让人称奇的事——当荷香随夏风飘忽远去，藕，从淤泥深处抽出一缕珍贵的芬芳，成为思荷人齿颊留香的佳肴美馔。

莲藕不能开口说话，我替它说了："遇到今天的我，你是幸运的。"

在这池塘中安家的，就是这样一种植物，无论你在哪个时刻遇到它，都会觉得它是绝好的——幼年有幼年的疏狂，盛年有盛年的风光，中年有中年的奉献，老年有老年的气象。有谁，能像它那样，把一生活成一个美妙的寓言？有谁，能像它那样，在生命中的任何一个时刻都可以说"遇到今天的我，你是幸运的"？

舍我一些花籽

初秋真好。走在公园里，花还在热闹地开着呢，却有花籽成熟了。我喜欢哪种花，就径直去采摘那植株上的花籽，不用担心采错。

我喜欢蓝色的牵牛花，多年前在超市里买过一包牵牛花种子，包装袋的图片上显示的分明是蓝色的花，可开出花来，却是玫红色的，怨着那花不遂我愿，也怨自己太挑剔，就这样纠结了好几个月；现在好了，我在开着蓝色花朵的牵牛花蔓上采了上百颗种子，我听见它们争着抢着跟我说："这下你放心吧，我们保证都给你开出蓝色的花！"

那年春天，我在菜市场买了两包秋葵的种子，回家种了满满一阳台，我跟我家先生说："你信不信，等这些秋葵开花的时候，咱家的阳台将成为全楼最美的风景！""秋葵"发芽了，长高了，绿屏风般，茂盛极了，只是迟迟不见有开花的迹象。公园里的秋葵早就开成花山了，俺家的"秋葵"却似乎忘了开花的使命。入秋了，一米来高的植株居然在顶部打了小花苞。我搬个小凳子，踩上去，端详那花苞，怎么看怎么不对劲，人家公园里秋葵的花苞是圆形的，我家"秋葵"的花苞却是一柄长长的绿色小穗。几天后，绿穗上开出花来，微白，小如米粒，细密排列。我知道自己买了"山寨秋葵"，却不清楚这被我精心伺候了好几个月的究竟是何种植物，心里这个郁闷啊！终于采下两片叶子，拿到学校给生物老师看，结果，生物老师也不认识，只是反复说："这叶子跟秋葵的叶子可真像啊"。拈着那两片叶子，要扔到垃圾箱，打扫垃圾的老师傅看见了，问我道："从哪里采的粟子叶啊？"我一听，大喜过望，遂俯身请教。老师傅说："这东西结的籽儿叫粟子，可以喂鸟；这叶子跟秋葵是有点像，可它有股清香味儿，人们吃烧烤时，拿它卷肉，可去油腻。"——老天！我居然养了一阳台粟子！

有了"种错花"的经历，如今能够眼睁睁瞅着花朵准确无误地采花籽，心里那个美、那个得意、那个解气啊！

我采了蓝色牵牛花的花籽，又采了粉色秋葵的花籽，还采了一些黄色草茉莉的花籽。当我去采红茑萝花籽的时候，碰上一个老园丁，他问我采这东西干吗用，我回答："种啊。"他笑了："这小贱花有啥种头？"我没有回答他，而是在心里问自己："你说你咋就这么近乎神经质地稀罕这些'小贱花'呢？是因为它们亲切，还是因为它们皮实？或者就是因为你自己原本就是一朵跟大富大贵无缘的花呢？"

我是带着感恩的心采摘花籽的，边采摘边在心里说："谢谢你舍我一些花籽！"——谢谁呢？谢天？谢地？谢植株？我说不太清，反正就是觉得该谢。

"保真"的花籽带给人踏实的欣悦。在一粒花籽上想象花开，既是现实主义，又是浪漫主义。

我家先生收拾出了一个三平方米左右的空调外机间，本想堆破烂用，我央他把这个空间送给我做花房，他慨允，却讥诮我道："整个一个农妇转世！又要种一花房粟子？"现在，我骄矜地揣着一裤袋大地馈赠的花籽，突然有了想法——我要让花房的北篱笆上爬满蓝牵牛，西篱笆上爬满红茑萝，再把所有空花盆都种满粉秋葵和黄茉莉。等大雪纷飞的时候，我家花房花开正盛。到时候，我或许会拉上老闺蜜，得意洋洋地跟她说："走，上我家的'袖珍花房'喝杯咖啡去！我要让你亲眼看看，我是怎样成功偷得三平方米的夏天的！"

树先生

春日里，应邀到阔别多年的学校旧址去参加一个活动。一路走，一路叹——变了，一切都变了；远远看到那个放置着我青葱岁月的校园，也已面目全非。下了车，走在曾经熟悉的路上，履底已然寻不到往昔的足迹；所有的建筑都是新的，新得让人手足无措。突然，我惊呼起来——我看到了记忆中的那五棵丁香树！它们居然无恙！它们居然一如我初到的那年春季，安静地开着淡紫色的花朵！我奔过去，抚摸它们，在心里说着温存的问候语——我回头对身边的一位活动组织者感叹："只有这几棵丁香树是老东西了。"她笑笑说："规划这楼房的时候，本应砍掉这几棵丁香树。但是，关键时刻有个人站出来替它们说了几句话，他说：'这几棵丁香树都70多岁了，比咱们都生得早，按理说，咱们应该尊称它们一声'树先生'才对，欺负老先生，不合适吧？'就这样，楼房往后跳了两米，丁香树留下来了。"后来我知道，为树请命的人就在活动现场，登时对他生出敬意。

敬重树的人，让我敬重。

在绥中，遇到一位爱树的校长。那校长讲了一个关于树的故事——有一年秋天，他瞄上了一棵高大的银杏树，恰好他的新学校刚刚落成，若是能移来这棵树，那可就太添彩了。他便竭力跟能做主的人套近乎，那人终于开口讲了一个价。"其实就是半卖半送。"校长说。到了来年春上，他备足银两，预备去买那棵银杏树了。但是，负责移栽的专家去了现场，感叹道："这么美的树形，砍掉枝干真可惜；就算砍掉大部分枝干，成活的可能性也只有70%。"校长一听，毅然决定放弃买树。他对我说："每年秋天银杏叶子黄透的时候，我都要去看看那棵树，很庆幸自己当年没做傻事。"这位校长曾来过我们学校，当听我说学校面临搬迁时，他首先操心的竟是校园里的那五棵雪松。"你们一定要请最好的林业专家帮你们移栽。记着，挖树前要在向阳的那面做个标记，栽树的时候，必须还要朝阳。"

在南宁的钻石海岸酒店前，有一棵巨大的榕树。直直的马路，为了避让它，竟谦卑地拐了一个弯。清晨起来围着它散步，惊讶地发现树下有红绸、有香灰！我想，来烧香的人，一定痴信树里住着一个神，他们向着那树顶礼膜拜，对它的神力深信不疑。

在贵州梵净山乘坐缆车时，我身边坐了一位同行的植物学家。他无视身边几个女孩夸张的尖叫和拍照，两眼直视窗外，一一呼唤沿途树木的名字，语调亲切，如唤亲人。我知道，一到梵净山，他就开始不懈地寻找一种叫作柔毛油杉的珍稀树种。因为他左一句柔毛油杉、右一句柔毛油杉，搞得大家都会讲这个拗口的树名了，末了，索性就将柔毛油杉当成他的绰号。

听一位老师讲牛汉的诗《悼念一棵枫树》，那是那位老师自选的一篇课文。我猜，他定然是爱诗的。当讲到"哦，远方来的老鹰，还朝着枫树这里飞翔呢"时，他突然嗓音发颤，不能自已——我连忙埋下头，不敢看他。听完了课，我明白了，他对树的爱，远远超过了他对诗的爱。

　　无论是先于我生的树还是后于我生的树，都请允许我尊称你一声"树先生"吧。——树先生，你的内心，也有隐秘的欢乐和忧愁吗？你也渴盼着知音的出现吗？当我有幸邂逅了你，你能读懂我对你心怀的深度好感吗？日月经天，江河纬地，你静默地站在一个属于自己的位置上，用枝叶对话阳光，用根须对话泥土。你活成了圣哲，活成了神祇。你给予我生命的柔情抚慰，胜过了一打心理医生。遇见你，敬慕你，礼赞你，祝福你，除了这些，我不知自己还能做些什么……

摘棉花

坐在去石家庄的汽车上，透过车窗看到外面一大片棉花地，白花花的棉花一朵朵从"棉花碗儿"里膨出来，由不得想，这是谁家的棉花？怎么还不摘呢？再不摘就开"大"了啊！这个想法一冒出来，竟满心焦灼，恨不得喊司机停车，奔到棉花地里，帮人家摘了那棉花。

长这么大，只摘过一回棉花，却独自回味过一万回。那一年，我刚上初中，在一个叫南旺的村子里，哭着喊着要表姐带我去摘棉花。表姐拗不过，便带我去了。秋阳之下，好一片望不到边的棉海！在地头，表姐为我在腰里系了个蓝白格子的包袱皮儿，贴腰的那面勒得紧，外面则松松地张了口，以便往里面装棉花。表姐腰里也系了个同样的包袱皮儿，边摘棉花边为我讲解摘棉花的要领——下手要准，抠得要净，"棉花碗儿"里不能留"棉花根儿"。我一一记下，心说，这也忒简单了！开始摘了，手却笨笨的，一摘就把棉絮抻得老长，"棉花碗儿"里还留了不少的棉花根儿。为了摘干净，我不得不用左手牢牢托住"棉花碗儿"，右手一点点抠棉花根儿。表姐看我摘得拙，笑死了，跑过来为我示范——眼到手到，左右开弓，同时摘两朵棉花，指尖带了钩儿一样，轻轻一抠，"棉花碗儿"就溜光地见了底儿；双手各存了四五朵棉花后才一并塞进包袱——不一会儿，表姐的包袱就鼓起来了，怀孕一般，拿手托着包袱底，腆着肚子回到地头，把一包袱棉花倒在一个大包袱皮儿里，轻了身回来继续摘——整个半晌，我光顾得叫唤"这朵棉花大""那朵棉花美"了，收工时竟没有摘满一包袱棉花，手却被扎得稀烂。

离开那片棉田许多年后，我依然会做摘棉花的梦。我梦见自己像弹钢琴般地弹着洁白的云朵，手指如飞地采摘着棉花。我腰间的包袱鼓鼓的，怀孕一般。即使从梦中醒来，我还会意犹未尽地缩在被窝里模拟摘棉花，鹰爪一样蜷了十指，试图一次钩净冥冥中那附着在碗底儿的棉花根儿。我自信通过醒时梦时恁般不懈演练，我的摘棉花技术定然已是突飞猛进，真盼着有机会再跟我那牛表姐较量一番。

我的表姐却着实攥牢了我的把柄，只要一见着我，不管当着多少人的面，立刻活灵活现地向大家表演我一手托着"棉花碗儿"、一手抠棉花根儿的丑态。那些庄稼把式看了，无不解恨地冲着我狂笑，臊得我抓起一把瓜子，稀里哗啦地扬到表姐身上。

在远离棉田的地方，我操作着电脑，带一群美术生欣赏齐白石的画作。讲到《棉花》时，我动情地说："你们可以忘掉今天的课，甚至可以忘掉我，但是，我拜托你们一定记住齐白石这幅《棉花》的题款——'花开天下暖，花落天下寒'。在这个世界上，能画棉花的人很多，能说出这句妙语的却唯有齐白石。在我看来，只有一个真正懂得感恩的人才能对棉花唱出这么美妙的赞歌。棉花，是一种站在穷人立场上对严寒大声说'不'的花，是一个还没有学会涂脂抹粉的乡下女孩儿，是大地献给人类的至宝。"

　　一位母亲带着她的儿子去乡下，回来告诉我说："我儿子摘了一朵棉花，举到我面前说：'妈妈，我敢肯定，它是纯棉的！'"我跟着笑了一声，又蹙了一下眉。想起的确良刚面市的时候，我多么钟爱这种跟棉无关的神奇织物啊！穿上一件豆绿色的的确良绣花上衣，美得不行。学校让搬砖，我把一摞红砖远远地端离了新衣，吃力地趔着走。偏偏班主任是个"X光"眼，一眼就看穿了我惜衣心切，伊的刀子嘴便派上了用场，在班会上对我百般奚落——的确良被丢在了岁月的折痕里，今天的我多么迷恋纯棉。一想到身上的丝丝缕缕原是田间一朵朵被阳光喂得饱饱的花，心中就涨满暖意。

　　一次跟儿子打越洋电话，我说心情差。他说："去旅游吧，山水最能抚慰人。"我说："我怎么突然就理解你三舅姥爷了——他心里一难受，就从广州飞回老家，跑到谷子地里去，跟谷子们说话。"儿子笑起来："哟，老妈，莫不是你起了归农之意？"

　　嗯，反正要是能让我到甭管谁家的地里去摘上半晌棉花，我就会变乐。

玲珑榴心

　　看到一组图片，拍的是榴梿从开花到结果的过程。那么粗壮苍老的枝干，没来由地就钻出一簇一簇小花苞。那些花苞排列得可真密呀，你拥我挤，互不相让，像是谁捆扎了一把把绿珠子，仔细地绑到了枝干上。慢慢地，花苞鼓胀起来，开出梨花样的乳白色五瓣花朵。盛开的榴梿花一律垂挂在枝干上，一团一团的，像是树在倒放焰火。似乎来了一场风雨，"焰火"瘦了些，又瘦了些，更瘦了些——树下堆起了厚厚一层残花。再看那枝干上，原先挨挨挤挤的花大多连花柄都谢落了，光溜溜的枝干，就像从不曾有过花开；只有些稀稀落落的花朵幸运地发育成了小榴梿。但这还不算完。又有凄风苦雨袭来，浑身毛刺的小榴梿又从枝头跌落下了一批——落花还没有成泥，落果就急着来寻它们了。再看树上，只剩了少而又少的一些榴梿，伶仃但坚毅地垂挂在枝干上，相约走到时光深处。从乒乓球大小，到网球大小，再到足球大小，128天，它们悲壮地走完了从花到果的全程，终于修成了"正果"——有网友慨叹："榴梿国"的竞争太激烈了！"榴梿国"的淘汰太残酷了！

　　其实，榴梿开口讲了一个寓言，一个关于成长的寓言。

　　真正的成长必伴随扬弃。为了体现自我的生命价值，比咬牙坚持向前走更为重要的是懂得抛舍，像榴梿树那样，抛舍那么鲜润的花，抛舍那么嘉美的果。就像经过了精确测算一般，它明白自身任何一个位置的最佳挂果量。它没有死死抱着成千上万个"乒乓球"往前走，借助风雨，它明智地丢弃了一些，又丢弃了一些，这样，它就能够确保自己既不匮乏，又不盈溢，确保自己贡献给世界的是货真价实的"万果之王"。——你瞧，榴梿的心，是锦做的，也是铁做的，唯其如此，它才能既怡人眼，又怡人口，更怡人心呀。

第八辑

必然的抵达

　　似乎很多人都用生命中所创造的财富的多寡来衡量一个人的人生价值，所以很多人埋头寻金的过程中，忽略了身边的美好，也离远方广阔的天地越来越远，反而困于那一方井底。也许你听过了太多"远方除了遥远一无所有"的言论，所以你选择了听信，但就像张丽钧说的那样，"当你拥抱远方的时候，你就拥抱了一个全新的自己"。因为只有这样，你才能用"卓异的耳朵""听清远方的召唤"，让"插翅的心灵"去"饱览远方的胜境"。

在大地上我们只活一生

抱着他的书，飞上万米高空。

第一次这么系统地读他。读一个"被一块黄金（文学）绊倒在贫穷中"的人。当我意外地发现在云朵之上读他有一种强烈的象征意义时，我开始争分夺秒地读他，我要在重新踏上他所挚爱的大地之前，从他那里获取最多的心灵启迪。

苇岸——一个发誓要与大地荣辱与共的赤子，一个来不及将24节气从"立春"爱到"大寒"的"最后的浪漫主义者"。

就像一个刚刚睁开眼睛打量世界的婴孩，他把大地上的万物看出了那么浓郁的诗意。春天，他眼中的麦苗是婴儿般的，柳芽是鸟舌状的，杨树的花蕾仿佛幼鹿初萌的角，连片的青草似报纸的头条，整个田野像太阳照看下的幼儿园。万物在他眼中都罩上了一层柔美光泽。正因为如此，他深情地号召人们：只要你尚有一颗未因年龄增长而泯灭的承受启示的心，你就应当经常到大自然中走走。

他自己率先垂范———这个自觉将自己时刻接通着"地气"的作家啊！他走到任何一片喧嚣了亿万年的土地，只要那里用宁静迎迓他，他就会天真地以为那里是一个尚未启用的世界。清澈的心，接纳了清澈的风景。他孩子般地告诫自己，无论什么时候来到河流旁，即使深怀苦楚，也要微笑，托河流将自己的善意与祝福带到远方，使下游的人们惊喜地在水中发现这一份不同寻常的礼物，因而对上游充满美好的憧憬与遐想。读到这些文字时，眼睛有些酸涩，瞟一眼舷窗之外，恰有一条缎带般的河流飘过，不由得痴痴地想，当年苇岸君纯洁的微笑可曾感染过这条河？如果是，我愿用灵异的目光拾起其中某一片微笑，夹进手头这部灿烂的书中，充当只我一人能辨识的书签。

听到鸟鸣，他会用 20 倍的望远镜搜寻，直到发现那忘情歌唱的精灵；他观察麻雀的步态，发现警觉时它蹦跳着走，而放松时则迈步前行；1991 年元旦，他在旷野上偶遇了迁徙的鸟群，竟高兴得像个孩子，声称自己是得了神助的人；望着越江而过的一只轻盈的鸟，他会很自卑；他赞美燕子间涌动的融融亲情——任何一只出巢的雏燕，在野外都会受到陌生成燕的悉心照顾；他购买了《中国鸟类图谱》，兴致勃勃地辨认旅鸟和漂鸟，辨别鸣啭和叙鸣；他不喜欢人们将那些捕鸟人用以诱骗同类上当的鸟叫作鸟奸，他愤怒地指出："人类制造的任何词语，都仅在他们自己身上适用。"

这个大自然傻傻的儿子啊！当他带着相机走进爱不够的田野，为了使一只偶遇的野兔免受惊吓，他居然模仿一截木头，一动不动地戳在那里，直到野兔消失在视野之内，才责怪自己忘记了为它拍照；当他看到一只蚂蚁衔着一具蚜虫尸体赶路，他会淘气地打劫蚂蚁的猎物，然后观察它怎样不懈地找寻，直到重新衔起那猎物，庄严地走远；他书房的窗外被胡蜂霸道地占着筑了一个巢，他非但不恼，反而欢天喜地地把那片领地拱手让给了胡蜂。他要清晰地目睹胡蜂辉煌灿烂的一生，他用皮尺量蜂巢的大小，当他看到辛苦了一天的胡蜂累得精疲力竭也舍不得取食珍贵的蜂蜜时，他就将自己喝的蜂蜜小心翼翼地献给它们。他详细描写了一只胡蜂取水的过程："它口衔的水珠，晶莹耀眼。它上升，降下，一刻不停地往返蜂巢与楼下雨后的水洼之间。过度的辛劳，使它负重上来时，有时不得不落在蜂巢下的窗上，然后再爬行完成它的工作。这个感人的情景，使我猛然想到一件我早应为它们做的事情。我拿来一个盘子，盛上水，放在外面的窗台上。但直到傍晚，没有一只取水的蜜蜂走这个捷径。"

让我感到万分讶异的是，他明确表示不喜欢《红楼梦》。他不能容忍一个"伟大作家"写尽"聪明、智慧、美景、意境、技艺、个人恩怨、明哲保身等等"，唯独不见他应有的"与万物荣辱与共的灵魂"。他喜欢梭罗，说他自己与梭罗的文字具有一种血缘性的亲和与呼应。这两个深情亲吻着大地母亲的孩子都深深以为：我们居住的这个充满新奇的世界与其说是与人便利，不如说是令人叹绝，它的动人之处远多于它的实用之处；人们应当欣赏它、赞美它，而不是去使用它。

是呢！我们的修炼，不应是让自己变得更聪明、更善于索取，而应是让自己变得更美好、更善于发现和给予。

苇岸君是一只住在 24 节气中的苇莺。这只善于鸣唱的快乐而又略带忧郁的鸟，总是生出与常人迥异的心思——他要为 24 节气造像！他选中了每一节气的上午 9 点，在他居住的小区东部田野的一个固定位置，对同一个景点拍摄一张照片，还要为这照片配上绝美的文字。不曾想，这想法太美丽，遭了"天妒"。拍到"霜降"时，他的相机就被命运彻底没收。6 个没福气的节气，永在《一九九八：

廿四节气》之外痛苦徘徊。

39 岁，正是思想的谷穗深情垂向大地的年龄。但他却要和泪挥别他爱彻骨髓的大地了。

他的临终遗嘱是那样独特。他请求友人，在向大地抛撒骨灰时，为他朗诵他酷爱的法国诗人雅姆的一首诗，诗的题目是《为他人的幸福而祈祷》。

　　天主啊，既然世界这么好地做着自己的事情，

　　既然集市上膝头沉沉的老马，

　　和垂着脑袋的牛群温柔地走着，

　　祝福乡村和它的全体居民吧！

　　……

　　既然我的心，鼓胀如花串，

　　想迸发出爱和充盈痛苦，

　　如果这是有益的，我的天主，让我的心痛苦吧！

　　……

　　把我未能拥有的幸福给予大家吧！

　　愿喁喁倾谈的恋人们，

　　在马车、牲口和叫卖的嘈杂声中，

　　互相亲吻，腰贴着腰。

　　……

　　天主啊，忽略我吧！

当被提醒我还不曾用餐的时候，我正淌着热泪。

飞机下降了。云朵投在大地上的片片暗影，细腻地勾勒出了天上云朵各异的形状。我朝着一片暗影投掷自己的心，殷殷告诫它：

着陆后，要学着向大地万物问好，学着在暗处灿烂自己的心情。做一只与大地息息相关的"地面鸟"——飞起，是为了俯瞰大地；降落，是为了拥抱大地。记得时常重温被苇岸君赏爱不已的叶赛宁的诗——在大地上我们只活一生。

那个少年和那首小诗

在文字的汪洋中,我遇到了那个少年和那首小诗,从此难以释怀。

那是个躲在岁月深处的少年。他的家,在太行山坳一个叫"小道"的村子里。那天,9岁的他到山里割山韭菜去了,家里来了个侍弄文字的女子。那女子眼尖,一眼就看到"在堆着破铁桶和山药干的窗台上靠着一块手绢大的石板",那石板上歪歪扭扭地写着三行字:

太阳升起来了,

太阳落下去了,

我什么时候才能变好呢?

一下子,那侍弄文字的女子就不可救药地喜欢上了这三行文字,并执拗地把它唤作了诗。她欣赏那个身居困境的小小少年积极的心理挣扎,欣赏他用纯净的目光追踪太阳起落,更欣赏他对自我的追问与期许。他把自己的"向好"之心表达得多么酣畅淋漓!这是一个被大山困住的懵懂少年在向着苍穹喊他自己的未来呀——后来,那个女子远离了那首诗,少年也早已长大。有一天,她做了一个假想,试着把那少年的诗改动一个字,变成了"太阳升起来了,太阳落下去了,我什么时候才能变富呢?"——她问自己,如果这样,她还会认为这是诗吗？

　　"好"不排斥"富"，但"好"绝不等于"富"。

　　当初的少年，当初的少年们，如今还走在竭力"变好"的路上吗？有没有在经意、不经意间就将那个"好"字写成了"富"字呢？

　　我想到了自己的表兄。表兄年少时也曾怀揣"变好"的梦想，他的理想是成为一个唱大鼓书的艺人。但是，正如罗大佑歌里唱的那样"流水它带走光阴的故事，改变了每个人"，我的表兄，早已将理想当烟卷抽掉了。他在村子里开了间纺纱的小作坊。一见面，他就开始跟我大谈赚钱之道："经商嘛，就是想办法把你兜里的钱弄到我兜里来。我要想掏走你兜里的钱，最蠢的法子是直接下手掏；好一点的法子是让别人劝你掏；更好的法子是让你自己乐意掏；最好的法子是让你只怕没了自己的份儿，所以争着抢着掏！哈哈，这四种法子我都用得熟练到家啦！"——这个人，早已欣然把当初的那个"好"字彻底改换成"富"字了。

　　我又想到另一个从农村走出来的女孩。她常庆幸自己"变好"的梦还没有坠落，然而，在"变好"的道路上，她跋涉得多么艰难啊！有时候，那个"好"会被别人粗暴地读作了"歹"——丈量"好歹"，每个人都兴致勃勃地自制了一把尺子，且对自己尺子的精确度深信不疑；她说，她是个"万物间有千千结"的忠实信徒，听到的人全都笑了——他们觉得她太痴，玫瑰是玫瑰，面包是面包，它们当中哪会有什么"千千结"；当遍地的向日葵都朝着同一个方向仰望的时候，她偏要扭转脸，鼓吹在相反的方向正藏匿着一个大太阳——这时候，大家不可能不再一次把她看成异类……

　　生命本没有意义，是向往"意义"的心不断为生命注入了意义。

许多向往"意义"的心汇聚到一起，一个时代就被赋予了某种特定的精神气质。夸父因为逐日，才是夸父；女娲因为补天，才是女娲。他和她，都不是"被利润鼓舞着扬帆远航"的。当"富"成为一个团体的唯一的意义时，这个团体终将可悲地沦为"富"的"弃妇"。

小道村那个会写美诗的少年啊，不管你如今过着怎样的生活，我都希望你能在扰攘的日子里不断回望岁月深处那个堆着破铁桶和山药干的窗台，回望窗台上那块手绢大的石板，回望石板上的那一首小诗！

必然的抵达

孩子，那一年，你还未必会写"目标"这两个字，却似乎突然明白了自己为何而活。仿佛是在呓语，又仿佛是在宣誓，你说："我要当工程师！"天知道你小小的心究竟晓不晓得什么叫"工程师"，没准，你以为"工程师"就是一块可以吹得像气球一样大的泡泡糖。但是，最初那一茎不经意的绿芽，在被父母千百次说笑之后，竟成了一株真正的梦想之树。

我多次追问自己，莫非，不是你寻到了那个目标，而是那个目标寻到了你？或者，你们互相寻找，然后惊喜地拥有了对方？反正，那个目标开始如小蛇一般明晃晃地跃动着，总诱着你的脚步向前。

你怀疑过自己。你曾沮丧地说："太多的人都比我优秀。"你老是巴望着自己的名字排在成绩单的第一位，然而，你的前面，总有几个名字在那里晃啊晃，拦住你，不让你遂愿。我说："妈妈是做教师的，知道教育界有个著名的'第十名现象'，就是说，在班级里排第十名左右的孩子以后是最有出息的。别气馁，你要生出与竞争对手较量人生最终得分的雄心。"你又说："妈妈，你和爸爸都是学中文的，按照遗传学的原理，我似乎更适合学文科，可我偏偏选了理科。我觉得我好像选错了。"我说："其实，妈妈的理科学得棒着呢！妈妈一直为自己选择了文科后悔呢。现在好了，你成了妈妈最好的后悔药。"

你于是微笑着前行，心儿的帆，鼓得满满。

你寻梦寻得好辛苦。在万里之外的异国，我惊讶地发现你稚气未脱的眉宇间竟隐约有了一道只有母亲才能发现的细纹！我慌了。我问自己，这孩子究竟给自己的眉心施了怎样的压？须知上万次的局部皮肤活动才能缔造一条皱纹啊！离别的时候，我郑重书写了《母亲至嘱16条》，令你贴于床头。其中一条，就是告诫你"不皱眉"的。我好怕在追梦途中，你被猾黠的窃贼窃走人生的快乐。我要你的眉梢永挑着欢笑。

后来，你戴上了博士帽。你告诉我说，你是你们高中同学中第一个拿到博士学位的。我立刻想到了那张曾被你万分看重的成绩单。孩子，你看，这一回，到底是谁的名字，当仁不让地排到了第一位？

再后来，你被允以可观的人生红利。你问我："我到底该不该去拿呢？"我记得曾跟你说过，生命，有一种粗略的计分方式，那就是金钱占有的多寡。而今，你突然拥有了这种并不惹人反感的得分机会，我自然不该拦你。但是，孩子，与你进一步接近自己的人生目标相比，我建议你舍弃这红利，我宁愿看你在更靠近目标的地方，乘着风，去追梦。

"远方除了遥远一无所有"，孩子，不要听信这样的话。相信吧，当你拥抱远方的时候，你就拥抱了一个全新的自己。只有卓异的耳朵，才可以听清远方的召唤；只有插翅的心灵，才可以饱览远方的胜境。

有时候你也会惶惑，抱怨说你与自己的目标互相背弃了，懵懵懂懂,甚至南辕北辙。我想提醒你的是,那一年,我们一起攀登峨眉山,蜿蜒的山路,有一截居然是往回走的。你叫了起来："这离金顶不是越来越远了吗？"可是，峰回路转，柳暗花明，我们在走过那一段非走不可的"冤枉路"之后，必然地攀上了更高的山峰。

孩子，如今你已经成了名副其实的工程师，而你的梦还远没有结束。那条明晃晃的小蛇，又在你前面跃动了吧? 孩子，答应我，别拿自己的目标与他人的目标交换，别把目标换成沉甸甸的金子，别怕目标在眼前瞬间消失。只要你肯率先把一颗滚烫的心慨然交付远方，身体的抵达，是迟早的事。

背着洗衣机翻越喜马拉雅山

　　如果不是跟着记录的镜头亲眼所见，我断然不会相信，那个叫吉格的年轻藏民，居然会背着一台双缸洗衣机翻越喜马拉雅山。

　　吉格的家在中印边界的加热萨村，一个被重重叠叠的大山妥帖地藏匿着的小村子。村里人家像样点的家什，无不是从数重山外的波密镇背来的。这一回，吉格随着一个运输马队到了波密镇。在一家电器商店里，他为妻子选了一台标价 1157 元的海尔牌双缸洗衣机。售货员给他保修单，他说不需要了，因为即使坏了，也不可能再翻山越岭地把洗衣机背回来的。

　　吉格将那台带了包装纸箱的宝贝洗衣机背了起来，绳带挎在双肩，勒着头顶。起初的脚步还算轻松，但 6 小时后他就落后于马队了。他大口大口地喘着粗气，汗如雨下。走在烂石散布的山路上，他的双腿在发飘打晃。

　　仿佛在走钢索，吉格走在细路蜿蜒的喜马拉雅山上。这个寡言的汉子，脸上木木的，没有痛苦，没有怨艾，也不见幸福的憧憬——表情是个奢侈的东西，拼死干活的人用不着它！

　　就要通过异常险峻的海拔 4650 米的隋拉山顶了，连骡马都要喂给白米饭吃，难得停下来歇一歇的吉格手捻佛珠，虔诚念佛，祈求保佑。又上路了，吉格把洗衣机的包装纸箱取掉，白色的宝贝洗衣机上被细心地蒙了一块透明的塑料布，他走路小心翼翼，如同背着婴孩过马路的母亲。路那么窄，一边是千仞陡壁，一边是万丈深渊，他不选择在相对安全的陡壁那侧走，反倒选择在令人胆寒的靠近深渊的这侧走。那是因为，他身上背着个宽于自己身体的洗衣机，若是靠近了陡壁，一不留神，洗衣机就可能撞上凸出的岩石，那样的话，轻则磕碰到宝贝洗衣机，重则连人带洗衣机一同坠入万丈深渊。"登天路"上雨雪交加，路滑难行，有一匹驮粮食的马惊惧地站住了，任凭怎样打、怎样拖，就是不挪半步，万般无奈的主人只好卸掉它身上的重负，就近寄藏了粮食，让那匹"罢载"的马空身前行。吉格的重负却不能卸掉，他背着的，是一家人的指望，是一村人的艳羡。他的脚与鞋被烂泥糊成了一个儿，一步步踉跄前行的，仿佛是两具泥制鞋模。吉格迈出的每一步，都像是倒下前的最后一步，让焦灼地坐在屏幕前的人忍不住要伸手去扶他一把，高悬的心，竟荒唐地埋怨起那追踪摄像的人——别拍了！赶紧去帮吉格一把，他快要撑不住了呀！峡谷的溪流旁，惊心动魄地横卧了一具马尸，马尸边放了一些零钱和佛珠，寄托着主人的哀思。在这条登天的崎岖山路上，摔死或累死，是多么稀松平常的事。

在命悬一线的逼仄山路上行走了整整三天，吉格终于到家了。妻子卓玛开心地抚弄着那台稀罕的洗衣机，把甩干桶的盖子掀开盖上，盖上掀开。这个幸福的女人说出了她新的一个愿望——明年，她想要一台电冰箱。

从那个纪录片抽身回到现实中，我心里压上了石头，竟不能自已地跑到百货大楼，急切地寻找标价在千元左右的海尔牌双缸洗衣机，不为别的，就为亲手搬动它一下，感受一下它的重量，再用一声发自心底的叹息，献给天边那真实的生活。

按摩章鱼50分钟

夸张一点说，我是把那部关于"舌尖"上那点子事的纪录片当成"惊悚片"来看的。

那个叫小野二郎的人，85岁了，他兴致勃勃地在银座一家写字楼的地下室主持着一间叫作"数寄屋桥次郎"的小寿司店。他是目前世界上最老的"米其林三星厨师"。他表情冷峻，不苟言笑。做寿司，他讲究的是"旨味"，追求的是"极简的纯粹"。他是这间寿司店的魂。他捏了70年的寿司，依然没有半点退下来的意思；他年过半百的长子，只配给他打下手。二郎说，他一捏寿司，就感觉自己站在了舞台的中央，骄矜得要命；他经常会在梦里幸福地捏寿司，还会被一个个奇妙的捏寿司的创意惊醒。

镜头追踪着二郎和他的两个儿子。二郎原先一直坚持亲自采购食材，70岁时，他在采买场犯了一次心脏病，便只好把这活交给了长子。那些鱼老板一遇到好鱼，便会说："这太适合卖给二郎了！"二郎识货，二郎的儿子也不含糊。他买章鱼时，忽略了颜色，却一定能选到"口味最棒"的章鱼。章鱼那么欢快，交易时，它还以八腕上的吸盘牢牢吸附着鱼老板的小臂。章鱼买回家，要先做"按摩"。

二郎说，原先都是按摩 30 分钟的，但他感觉不够，于是又追加了 20 分钟。一条章鱼，在被加工之前，先接受 50 分钟的按摩，为的是让它的身躯变软，让它的肉质更加鲜嫩可口，这样做出来的寿司才符合二郎的要求。特写镜头下，软软的手指与软软的八腕纠缠，滑腻腻的，让人头皮发麻。我想，如果章鱼有知，这行刑前的特别仪式一定让它觉得既庄严又受用，它没有理由不将自己的"旨味"悉数奉上。

二郎捏寿司的手势显得惊心动魄。一双苍老的手，却饱含了风情，柔软中带着力道，娴熟中裹着新奇。一捋，一搭，一捏，一抹，似卖弄，又不似卖弄，仿佛梅兰芳饰演女角时娇俏的兰花指，临风可吐蕊，隔空能闻香。无疑，那是一双为捏寿司而生的手，一触到新鲜食材，它们立刻被激活，创造的欲望攫住了它们。在诗意的操作间，它们舞蹈，并且陶醉于这舞蹈。它们不知道什么叫厌倦，它们在每一刻都能获得新生。一到晚上，那双手就会被小心翼翼地套上白手套。你忍不住猜想——在白手套里面，那不安分的手指，又捏出了怎样的圣品？

对食客，二郎体贴入微——他试探性地将第一个寿司摆放到你面前，然后根据你是"右利手"还是"左利手"决定后面的寿司摆放在你的右边还是左边，他细致到了让食客"紧张"的程度；对员工，二郎严苛得近乎无理——就算你已经在店里拧了 10 年毛巾、摆了 10 年餐盘，你也只达到了煎蛋的级别，想要做"最酷的菜式"——寿司，那就继续修炼吧。

我向来讨厌寿司，即使到了银座的"数寄屋桥次郎"店铺前，又怀揣足够的银两，甚至被莫名简化掉"提前一个月预定"的程序，我想我也断不会踏入的。但是，我或许会在那间店铺前驻足，想想二郎那僵硬的笑容，想想二郎那曼妙的指法，想想二郎不偷懒地为章鱼做 50 分钟按摩的职业精神及其中蕴含的淡淡禅意……

撕 裂

"报告！"有男生在门外喊。"进来！"我说。

一个高大帅气、背双肩包的男生推门进来："校长，我回来了。"我连忙起身迎接，一边拉他坐下，一边问："小画家这段时间过得好吗？"他笑笑说："我在北京××画室学了三个月的美术，已经通过了省联考，回来向您报个到。"说着，他从双肩包里拿出两盒蜜饯，苦笑着说："我妈不让我给您送这个，说太甜，热量太高。她批评我不会买东西。校长，您……"我赶忙接过蜜饯，说："嘿！北京特产！你怎么知道我嗜甜如命啊？我不怕卡路里。谢谢你啊，好孩子！"

那男生并没有马上离开，而是跟我聊了起来。

"校长，我不想考美术学院了，我想跟您学写作——您别着急，听我跟您说。我在××画室学了三个月的美术，交了三万元的学费，外加八千元的食宿费。有一天，教素描的老师给我们上课，大骂他供职的这家画室，说老板根本不懂美术，只知道赚黑心钱，然后他就开始夸另一家画室如何如何好。我们都很纳闷，这人怎么胳膊肘往外拐啊？结果第二天他就走人了，去了那家他赞美过的画室；他还给我们发短信，让我们也跟着他走。我们的素描课停了好几天，有同学去找画室老板，老板说素描老师生病住院了——哼哼，睁着眼说瞎话！据说，教我们色彩的老师为讲课费的事跟画室老板动粗，打掉了老板的两颗门牙。教我们设计的老师曾给我们布置过一份作业，叫《我梦见……》，您猜怎么着？我上铺的同学居然画了一间我们画室老板的办公室，椅子上坐着他自己！我问他是啥意思，他说：'我的梦想就是开一家专门辅导高三美术生的画室，日进斗金，牛气冲天。'我们曾请过一个中年男模特，他坐在那里，哈欠连天，后来竟睡着了。我们老师叫醒他，批评他太不敬业了，他反唇相讥：'一个钟头才 50 块钱，我凭什么敬业！'更让人感到恐怖的是，我们画室老板公然对我们说，不管我们画技咋样，文化课考多少分，只要给他 40 万块钱，他保证让我们考进 Q 大学！——校长，您看，这就是我每天接触的人和事，一切的一切，都是在围着'钱'这个字转，有钱就来劲，没钱没精神。我很害怕，怕花光了我们家所有的积蓄，更怕以后我会成为一个只会赚钱的机器。校长，您平常给我们讲座，总说一个人一定要活得'精神灿烂'，要追求'道德 24k'，可是，我觉得现实根本不是那么回事——校长，我真的不想学美术了，您教我写作吧！我要把自己真实的想法都写出来，我要像您一样，干良心活，吃良心饭。"

半天，我说不出一句话。我自问：先前，我和我的同人们一直在齐心协力打一场旷日持久的"纯洁心灵保卫战"，但是，越是纯洁的心灵，对肮脏的东西越是缺乏免疫力，看眼前这个无辜的孩子，几乎要被严酷的现实击垮了呀！幽幽地，我心底响起一个可怕的声音："假如这个孩子早点被弄脏，他或许就不会这么痛苦了吧？"

我被这声音吓了一跳。我沮丧地想，在我的教育使命当中，当真需要加上"弄脏孩子"这一条吗？我问自己，以后，当我站在孩子们面前，我到底该讲些什么呢？讲森林法则？讲血酬定律？讲人性恶？讲厚黑学……世界交给我们一茬茬孩子，怎样打造他们的"精神长相"才不至于造成一种闪失和辜负？孩子迟早要离开校园去面对"人心的雾霾"，学校，究竟该不该将"营造局部晴天"当成自己的价值追求？

想起战争年代一个令人匪夷所思的接生婆，她在亲手扼死一个可爱的婴儿之后为自己辩解："这婴孩太完美了，我不忍心让他承受活在世上的种种痛苦。"难道，我也要步这个接生婆的后尘，用违逆职业道德的荒唐行径去彰显所谓的救赎精神吗？

我剥开两块蜜饯，一块递到男生手上，一块放入自己口中。蜜饯那么甜，我却吃出了苦味……

我的手很小

初看"英国儿童12岁前要做的50件事"，惊讶坏了！逮虫子、捕蝴蝶、捞蝌蚪、打水漂、做泥饼、搓柳笛、上树摘果、下水捕鱼、早起看日出、晚睡观星空……这些"野玩"项目，跟我儿时在老家的玩法多么相似！这么土气，这么"低档"，哪里能觅到一点"英伦风"的影子？但我着实为那些正亲身做着这50件事的孩子庆幸。这样玩，才像个孩子！

我们的孩子早就不这么玩了。小小的孩子，休息日要"上班"——上各种培训班。在人家的孩子兴致勃勃地玩泥饼的时候，我们的孩子在专心致志地画画；在人家的孩子无腔无调地吹柳笛的时候，我们的孩子在全神贯注地弹琴。"不能让孩子输在起跑线上"，这一句居心叵测的谎言，几乎蛊惑了全中国父母的心。不得已，我们的孩子早早就埋葬了自己的童年，硬着头皮去培养自己对知识的兴趣、对艺术的兴趣。而结果，培养起来的却极可能是"负兴趣"——对孩子智力资源的超前掠夺性开发，使孩子视知识、艺术如寇仇；或者即使当下学到了一星半点的东西，但那在兴趣驱使下的毕生"持续贡献"也定然与之无缘了。

我们的孩子哪像个孩子？他们没有自己的玩法和活法，他们要按照大人为他们设计好的跑道，拼命向前奔跑。家长们根本不懂得考虑孩子的心理需求，而是一味按照自己的心理需求去为孩子设计人生。一位心理学家说得好，当父母的成长停滞下来之后，他们对自己能否长久立足于社会产生了巨大的焦虑，但他们不肯通过自己的成长去排解这焦虑，而是不约而同地将焦虑转嫁到了孩子身上。就这样，父母摇身变为了孩子的"债主"，他们逼孩子"还债"，不惜站到孩子的对立面，让亲情关系悲惨地沦为了"债主"和"债务人"的关系。天天逼着孩子"还债"的父母啊，你敢不敢说透这样一层意思：我每日死命催逼孩子，不是因为爱孩子，而是因为爱自己！

"拼爹"的孩子不会有出息。

"拼儿"的父母不会有指望。

据说，北京叫停小学生奥数竞赛培训班后，相关培训人员及相关出版人员相拥而泣，因为这就等于断了他们的财路——每年上亿元的进账啊！大概，只有中国的父母才肯于在这上面一掷千金吧。

即使像"爱情"这种全人类公认的好东西，孩子都有权无视它甚至鄙视它，为什么？因为，他们仅仅是孩子。喜欢玩耍，喜欢游戏，喜欢把事情搞糟，喜欢在大自然的怀抱里撒野、撒娇。我总是固执地相信，童年时没有玩够的孩子，长大后生活质量不会很高。不要总是拷问他们"为什么不喜欢学习"，知识的好，爱情的好，他们再大一些的时候自会明白。须知，他们是介于"人"与"兽"之间的一个可贵存在，这种可贵存在对每一个个体而言都显得那么短暂，或许一觉醒来，他们就开始对尖叫着冲进花丛中捉蝴蝶的孩子嗤之以鼻了。去珍爱孩子这种傻兮兮的岁月吧！这一课要是落下，补课的机会永不再来。

法国作家约里波瓦大概算得上是最懂得孩子的心的人了。他笔下的那只名叫"卡梅拉"的小鸡，是那么"不务正业"——当母亲向她和她的姐妹们传授珍贵的下蛋经验的时候，她才懒得听！她的心早飞跑了。她有一个匪夷所思的梦想：看海。她为这个梦想而活。终于有一天，她携着自己的美丽梦想逃出了鸡舍，独自去了遥远的海边——如果我们有一个像卡梅拉一样"出格"的女儿，如果她公然撇下大人眼中的"正经事"去追梦，我们能为她骄傲吗？

"我的手很小，请不要往上面放太多东西。"这是美国向孩子征集"儿童给大人的忠告"中入选的第一句话。天下父母，你听到孩子的"忠告"了吗？爱孩子，请从解放孩子做起吧。

容　止

　　这个故事，是一位曾在天津南开中学担任学生会主席的先生讲的。

　　有一天，学生会召集会议，康校长应邀出席。会议结束之后，她喊住了学生会主席。她问那个男生："知道为什么留下你吗？"男生惶惑地摇头——刚才，他在大会上有一番出色的演讲，莫非，校长是要表扬他卓异的口才？康校长严肃地告诉他说："孩子，刚才我坐在你旁边，我观察到你有个不自觉的小动作——抖腿。显然，你不是因为紧张而发颤，而是下意识地在抖腿。你知道吗？这个小动作非常不雅，非常有损你的风度。所以，我提醒你从今天起要努力改掉这个毛病。"

　　后来，学生会主席考取了外国语大学，毕业后成为了一名涉外工作人员。南开中学校庆的时候，风度翩翩的他回到了母校。他在跟学弟学妹们分享自己的成长经历的时候，深情地讲起了康校长当年对他的提醒。他说："在康校长提醒之前，我从来没有意识到自己有抖腿的毛病；即使意识到了，也感觉不到抖腿有什么不雅。说真的，当时我还觉得康校长那么郑重其事地跟我谈这个问题有点小题大做。但是，在我改掉这个毛病之后，当我在大庭广众之下看到有人公然开启身体的'震动模式'，我心里就感觉非常不舒服。可以说，抖腿者身上散发出的那种痞气、流气、轻浮气，令每一个观者侧目。直到那时，我才真正明白了'不雅'的确切含义。抖腿不是讲粗话，不是随地吐痰，但和讲粗话、随地吐痰一样，是一种教养欠缺的表现。后来，我听说民间有句俗语，叫'男抖穷，女抖贱'，还有句话叫'人抖福薄'。这些说法显然是没有科学依据的，你或许会觉得它十分荒唐可笑；但是，老百姓对抖腿这毛病的深恶痛绝由此可见一斑。再后来，我读到了梁实秋先生的一篇散文，题目是《旁若无人》，先生用漫画般的笔法描写了在电影院看电影时与抖腿者邻座的气愤与无奈。我边读边出汗，仿佛被先生无情唾骂的那个令人生厌的家伙就是我本人——我特别庆幸自己曾是南开中学的一员，这里的'容止格言'我一生都不敢忘怀——气象：勿傲、勿暴、勿怠；颜色：宜和、宜静、宜庄。我想，康校长就是苦心塑造我'容止'的人啊！她以自己的慧眼，发现了我身上'不庄'的毛病；她以自己的慧心，提醒我改掉这毛病。我是多么幸运，我们是多么幸运，在青春成长的路上，我们被引领着，幸福地会晤到了那个未知的可爱自我……"

真教育，是不放过花叶上针尖大的虫眼。因为热爱春天，所以热衷提醒。真教育的使命，乃是让人变得更好，让世界变得更好。

别让孩子哭泣着弹奏《欢乐颂》

早晨上班，老远就看见办公室门边倚了个女人，蓬头垢面，满脸晦气。见我掏钥匙，她冲我艰涩一笑，却比哭还难看。进了办公室，她说她是我的一个读者，遇到了难处，便跑来向我讨主意。我有些慌神——我哪能拿出什么救世的主意呀？她说她儿子去年考上了一所二批本科大学，全家人都乐疯了；可是，大一没有念完，孩子就被勒令退学了，原因是他拒不参加考试。我惊问原委，那女人眼泪就下来了："他天天逃课，上网玩游戏，去考试也只能交白卷啊！"半天，我俩垂着头，一递一声地叹气，谁也不说话。末了我说："要不，复读吧。"那女人说："他不乐意呀！觉得特丢脸天天在家里猫着。有回邻居瞄见了他，问我：'你儿子咋回来了？'臊得我呀，上吊的心思都有了！"

我辜负了那可怜的女人，我没能给她拿出任何有价值的"主意"；但我的分担使她感动，她拉着我的手说："谢谢你！跟你念叨念叨，我心里轻快多了。"

傍晚时分，表妹打来电话，激动得声音有些发颤："姐，向你报喜——我儿子在全幼儿园中班智力竞赛中拿了个特等奖！刚才，我被邀请参加颁奖仪式，电视台的记者都去了！还采访了我们娘儿俩呢！今天晚上新闻就播，姐你可要准时收看呀！"

我颓坐在椅子上，沮丧地跟自己说："唉，又一个不幸的消息！"

作为一名教育工作者，我深知，刚才得到的消息与早晨得到的消息其实是互为因果的。在孩子最适合玩的时候，我们却填鸭般地给他填知识，他因而丢掉了不应该丢掉的宝贵一课，怎么办？那也好办，他会在长大之后报复般地"恶补"上这一课的——该玩的时候学，该学的时候当然就得玩了。

我无数次地把一个发人深省的故事讲给周围的人听——1968年，美国内华达州的一位妈妈给3岁的女儿买回了生日蛋糕。妈妈取下蛋糕上的一粒樱桃后，松软的蛋糕上留下了一个明显的凹痕。这时候，只见女儿指着那处凹痕，不断喊出英文字母"o"。这若是换成一位中国妈妈，一定会喜出望外。然而，那个美国妈妈十分愤怒，毅然把女儿所在的幼儿园告上了法庭。理由是：上幼儿园的女儿，如果不学习26个字母，类似的"o"形物品她能说出苹果、太阳、足球、鸟蛋等，现在她却失去了这个能力。这位愤怒的母亲要求幼儿园赔偿孩子的"精神损失"。这若是换成一位中国法官，或许会认为这个妈妈是在无理取闹吧？幼儿园把你家孩子的智力那么早就开发出来了，没让你家孩子"输在起跑线上"，你还不赶快谢恩！然而，法院很快开庭审理该案，结果是幼儿园败诉！内华达州也因此郑重修改了《公民教育保护法》。现在美国的《公民权利法》规定，幼儿在幼儿园拥有两项权利："玩的权利"和"问为什么的权利"。

纪伯伦说，孩子的心，住在"明日之屋"。蛋糕上的樱桃被取走后，留下的是一处天使的吻痕，只有孩子，才有能耐在那处吻痕中发现奇迹。

我认识一位母亲，太希望别人夸她女儿"早慧"了！她拽着那个两岁多一点的孩子在人前背诵李白的《将进酒》。那孩子举着一颗棒棒糖，贪馋地吮着，妈妈哄着拿开她的手，开头道："君不……"，孩子说："见"；妈妈欢喜接茬："黄河之水天上……"，她期待孩子说"来"，孩子偏偏忘了，妈妈气恼地劈手夺了她的棒棒糖，焦灼地用"勒"音来引导，孩子于是哭哭咧咧说出了一个含混的"来"字；妈妈兴奋接茬："奔流到海不复……"，孩子又不会说"回"了，妈妈气得跺脚，跟众人解释道："在家里背得好着呢！一口气能把《将进酒》背下来……"

我见过哭泣着弹奏《欢乐颂》的天才琴童，也听说过为逃避练琴而自断手指的明星琴童。"早慧"，在太多的孩子那里变成了一个不祥的词语。在孩子需要"玩"和"问"的年龄里，我们就开始不由分说地拿"知识"去蹂躏他（她），对其智力资源进行"掠夺性开发"，孩子小小的心，堆积了满满的对"知识"的厌倦与仇恨；伴随着确切无疑的"知识"的获取，他（她）丧失了想象的能力，早早就可悲地知晓了人是不可以像小鸟那样飞的；即使他（她）在幼儿园的智力大赛中捧得大奖，也终难逃脱走向平庸的厄运。该玩的时候学，该学的时候玩，我们什么时候才能走出这个愚昧至极的怪圈？悲怆的"钱学森之问"，究竟问醒了几个国人？我们的法律什么时候才肯有担当地站出来，将孩子应有的权利硬性地还给孩子？

"小时了了，大未必佳"，是谁，将这八字谶语送给了你我，且让我们在它的寒气中，瑟缩千载……

叩问自我精神冷暖

　　那是一帧公益宣传画：斑驳的墙，贴了一张纸；在纸的右下方，镂空剪出一个身子前倾、奋力朝前伸出双臂的"阴人"；而被剪出的部分，则构成了另一个人——一个和纸上的那个人两面相对、四手相连的"阳人"。纸内那个"阴人"，在拼死拉住纸外那个"阳人"。我仿佛听见"阴人"在对"阳人"疾呼："喂，兄弟，不能这样跌下去！"

　　这帧公益宣传画有个发人深省的标题：拯救边缘的自己。

　　初看的时候，我以为它不过是在向那些瘾君子发出忠告。后来，我发现我错了。

　　谁敢说自己没有走到"边缘"的时候呢？"边缘"总是热情地赶来邀召我们好奇的双脚。幼年时期，我们可以用"贪玩"来为自己辩护，可是后来呢？后来，"贪玩"竟将我们当成了它的吊线木偶，只要它提拉某根线绳，我们就开始不可遏抑地抽搐或舞蹈。

　　身体里总有两个"我"在拉锯。一个"我"任性地倒下去时，另一个"我"赶忙跑来营救。两个"我"之间的战争，是那样地惊心动魄。星月眠去，体内干仗的双方却毫无睡意，愈战愈酣。不知为了什么，我们跟自己作战的时刻总是多于我们跟他人作战的时刻。

"瘾"是怎样一个汉字呀？那是一种病，一种深隐于心、羞于告人的病。为"瘾"所引，人就容易一点点迷失自我。认识一个人，被"瘾"牢牢地罩住了，不能自拔。太想劝他巨头，岂料，他竟发来短信宽慰我："兄固愚，亦深知：'慧极必伤，情深不寿，强极则辱，谦谦君子，温润如玉。'"我彻底无言了。面对一个连自己的心都可以巧言骗过的人，我又能说什么呢？后来，他果真就堕落了。他是被"甜"这种东西给击溃的。他大概不知道心理学上有个"延迟满足"理论，只晓得一味纵宠着自己的胃口，超前满足、超量满足。结果，恰如《好了歌》所言："终朝只恨聚无多，及到多时眼闭了。"

凯利·麦格尼格尔在《自控力》一书中说："人生来就能抵制奶酪、蛋糕的诱惑。"但她又说："只有在大脑和身体同时作用的瞬间，你才有力量克服冲动。"我们不能设想，当一个人的身体决然扮演起了大脑死敌的角色，它们可该怎样联手去抵御"奶酪、蛋糕的诱惑"呢？在书中，凯利·麦格尼格尔殷殷叮嘱我们："忠于你的感受。"问题是，你懂得什么才是你最真实的、值得"忠于"的感受吗？想想看，当那个"阳人"自顾自地跌下去的时候，他未尝不忠于自己的感受；而当那个"阴人"援手相救时，他也是在忠于自己的感受啊！当贪、嗔、痴、慢、疑的罡风竞相吹拂无辜的生命，怎样的定力，方能让你的心旌不随之摇摆？

人人心中住着一个魔，这个魔可能是"青面鬼"，更可能是"桃花面"。拒斥"桃花面"，需要动用更大的心劲儿。

"无心非，名为错；有心非，名为恶"，我们聪慧的先人，就是这样简明界定"错"与"恶"的。如果用这把严苛的标尺来衡量现代人的行为，恐怕"作恶多端"者遍地皆是了吧？生命本身的不和谐，使我们总是不肯轻饶了自己，犯愧对自我的错，作愧对自我的恶。生命何其佳妙，一个人的战争何其苦惨！注定了，一种细腻绵长的救赎，将伴随我们漫漫一生。

边缘风厉。边缘的自己，是被风吹乱了的自己。乱了发，乱了衣，乱了心，乱了神。那最初的纯真被谁人掠了去？那曾发誓用鞋底读遍人间好风景的少年将鞋子典当给了哪阵熏风？谁在整理心绪的时候不期然收获了一团又一团的乱麻？

珍视生命，就是要学会叩问自我精神的冷暖。拯救边缘的自己，就是为世界点亮一盏星灯。

永不卑贱，永不虚伪，永不残忍

目下人们正在热议家风、家训，突然想起了他——大卫·科波菲尔，想起了他的姨婆谆谆告诫他的三句话："永不卑贱，永不虚伪，永不残忍。"不知这段话是否能算作大卫·科波菲尔的"家训"。

这段话被安排在"人教版"高中教材一个不起眼的角落里。有一次跟一个女生交流写作体会，我提到了这段话。她瞪大眼睛肯定地说："老师，我们书上没有这段话！"我说有的，她坚持说没有。后来，还是教材站出来说话，证明我是对的。我不是那女生的语文老师，但我可以想见，她的语文老师没有注意到这段话；而那个女生也不大可能去注意到这段话，因为既然老师不讲，就不会考，不考的东西，学它干吗？

但这却是多么好的一段话呀！每一个孩子都应该读到它、思考它、践行它。

永不卑贱。奴性十足的人，一律打着鲜明的"卑贱"戳记。以自我的卑贱，培植他人的下贱，这几乎是所有卑贱者的拿手好戏。鲁迅在《孤独者》中塑造了一个名叫魏连殳的形象，他的人生际遇颇像坐过山车，忽而低到尘埃里，忽而高到云头上。在他低到尘埃里时，那些世故的小孩都嫌弃他，连他的花生米都不肯吃；当他高到云头上时，他给小孩送礼物，前提竟然是要小孩"装一声狗叫，或者磕一个响头"。这样的故事居然还有"现实版"，在饥饿年代里，莫言就曾被粮食管理员用一块豆饼诱着，被迫学狗叫。你可能觉得学狗叫的人卑贱，其实，迫人学狗叫者的卑贱程度比学狗叫者高一万倍。越是卑贱，越是嚣张，一个人的嚣张指数与其卑贱指数成正比。

永不虚伪。有谁能清醒地意识到，其实，"虚伪"天天都跟我们腻在一起，"皇帝的新装"在我们身边长演不衰。我们见惯了虚伪，渐渐沦丧了说出真相的勇气与热忱。我想，这样的道理不会有人不明白——我们可以叫醒一个深睡的人，但是，我们休想叫醒一个装睡的人。装睡的人，以刻意营造睡的假象为使命，呼唤、撼动、鞭打都不足以让他醒转来。网友说："虚伪的最高境界乃是把虚伪读作真诚。"骗天，骗地，骗人，骗鬼，这虚伪的"道行"还不够深，而称得上"虚伪九段"的，是连自己都可以骗过的人。侯宝林有个著名的相声段子《买佛龛》，有人问老太太："您这个佛龛是新买的？"老太太一听不乐意了："去，哪有这么说话的？！"那人赶紧改口："那您这个佛龛是花多少钱'请'来的？"老太太愤然答道："哼，就这么个玩意儿，八毛！"——老太太充其量是个"虚伪三段"。

永不残忍。看到狮子追捕、撕食羚羊，有人大叫残忍，嘻嘻，这哪叫残忍！上帝没有把狮子设定成食草动物，为了活命，它必须这么干。真正的残忍，是来自人类的"精致的残忍"——在熊身上打开一个永远脓血交融的伤口，令其源源不断地为人类提供珍贵的胆汁；当街"活杀驴""活杀猴"，边杀边亢奋地叫卖鲜嫩的红肉或雪白的脑浆；麻利地割下鲨鱼的背鳍、胸鳍、尾鳍，然后将其抛入大海，让它慢条斯理地死去——你以为这些残忍就登峰造极了吗？没有。我最近又见识了一种"极品残忍"，那是一个叫林森浩的研究生提供给我的。他那么淡定地向董倩讲述毒死室友的过程，就像讲述如何毒死一只小白鼠；在二审的庭审现场，他自始至终没有看过父亲一眼，甚至当法庭宣布判处他死刑后，失态的老父亲飞身扑向法官他都冷眼相对——选择用化学物质杀人的林森浩，生命中确乎少了一张不该少的"人性元素表"。

卑贱、虚伪、残忍，我们来向这个世界报到时都不曾携带这些东西，但是走着走着，这些东西就像尘埃一样扑向我们。怎样拂去这些恼人的尘埃？怎样守住人生的底线？怎样让"永不卑贱，永不虚伪，永不残忍"成为我们乃至我们家族成员鲜明的戳记？让我们想想，让我们好好想想。

值得一活

　　在外地一所学校观看教师合唱团演出，发现一位仁兄始终金口不开，恰好身旁坐了那位仁兄的领导，遂试探性地问道："那位缄口先生，课教得不怎么样吧？"被问者大为惊异："咦？你怎么这么了解他？"我笑了，心说："隔着十万八千里，我怎会了解他？我只是从他脸上那种'不值得'的表情中，看出了他是一个不幸被"不值得定律"所言中的人。"

　　"不值得做的事情，就不值得做好。"这是"不值得定律"的简要表达。想想看，当我们满腹怨怼地奔赴了一个赛场，当我们站在起跑线上时还在深深怀疑这一场比赛的价值，我们怎么可能跑出最佳水平？

　　电视剧《后厨》中时慧宝有句经典台词："一道菜烧得好坏，原料不重要，调料不重要，火候也不重要，最重要的，是烧菜人的那颗心。"当你怀着一颗"不值得"的心去烧菜，你的菜里就被添加了苦味——你用出发时一句连自己都难以觉察的咒语，诅咒了终点的成绩。

　　"不值得"的心思随时可能来劫持尘世中的人。那惯于在职场上消极怠工的人，就是带着一颗"不值得"的心打发时光的。须知，职场向来不钟情"工资的小偷"，那一天到晚"磨洋工"的人，在怠慢工作的同时，也怠慢了本可能属于自己的机会和成功。

在一个朋友那里看到一本书，如获至宝，遂向他讨借，被慨允。回家看那书，惊讶地发现里面的连页都还不曾被割开。便寻思，那位仁兄定然还不曾读过这本书。待我读罢送还，却见他如饥似渴地读起来。其实，书是值得一读的，而占有后的轻慢，使读书变成了可紧可慢甚或可有可无的事情——"不值得"，还可以变脸为"被搁置"。有意义的行为，往往是我们乐于争分夺秒完成的。

据说有个修鞋匠，每次修鞋都不惜使出浑身解数，鞋修妥了，还要用蜡封好一颗巧克力外加一张纸条，一同塞进鞋里。那纸条上写着："任何值得一做的事，都是值得做好的事。"

"不值得热爱""不值得付出""不值得珍视""不值得追索"……这些"不值得"是会蔓延的。如果说"优秀是一种习惯"，那么，"不值得"也会成为一种习惯。当我们觉得一个日子不值得全力去过好的时候，几乎所有的日子我们就都过不好了，最终我们所收获的，恐怕只能是一个"不值得人生"。

如果我问你："这辈子，究竟值不值得一活？"你一定会做出肯定的回答。但是，当漫长的"这辈子"被分解成一件件琐碎的事情，你能否带着"值得"的心去将它们一一做好？你愿不愿学着说："生命的长城，如果值得一筑，那么，每一方砖都值得烧好。"

唱歌的时候，就竭尽全力地唱；烧菜的时候，就全心全意地烧；干活的时候，就不遗余力地干；看书的时候，就分秒必争地看；修鞋的时候，就殚精竭虑地修——别让"不值得定律"击中了你，为每件经手的事都打上漂亮戳记吧！让这戳记带上你的专属气息，让每一个看到的人都说："极品的事，都是极品的人做出来的呀！"